종려 나무와
새와 사람들

종려나무와 새와 사람들

펴 낸 날　2021년 05월 10일

지 은 이　이정홍
펴 낸 이　이기성
편집팀장　이윤숙
기획편집　서해주, 윤가영, 이지희
표지디자인　서해주
책임마케팅　강보현, 김성욱
펴 낸 곳　도서출판 생각나눔
출판등록　제 2018-000288호
주　　소　서울 잔다리로7안길 22, 태성빌딩 3층
전　　화　02-325-5100
팩　　스　02-325-5101
홈페이지　www.생각나눔.kr
이 메 일　bookmain@think-book.com

• 책값은 표지 뒷면에 표기되어 있습니다.
　ISBN　979-11-7048-237-6 (03810)

시가 있는 산문집

종려 나무와
새와 사람들

이 정 홍

생각나눔

/ 차례 /

흐르는 강물처럼 · 8

태양과 대지와 나 · 10

젊은 비구니의 미소 · 13

계절에 동승하자 · 17

아내의 빈자리 · 20

천사를 만나고 싶다 · 22

산노인 · 24

산여인 · 28

에베레스트 베이스캠프 · 32

동숭동 옛 문리대 자리 · 35

슈만의 헌정 · 38

귀 향 · 41

결혼 47주년 · 43

여행이란 · 46

'그냥'이라는 부사 · 49

묘비명 쓰다 · 52

사막과 우물과 시간 · 55

종려나무와 새와 사람들 · 57

가리왕산의 큰 소나무 · 60

아내의 두 번째 암 투병 · 63

할머니와 동백기름 · 66

이곳저곳에 살다 · 69

앨범을 펼치며 · 72

어떻게 살 것인가 · 73

소리 나지 않는 종 · 76

공간에 들어서면 · 79

새로운 시작 · 82

삶의 실체 그리기 · 85

비 오는 날의 어느 저녁 · 87

어머니가 가르쳐 주신 노래 · 91

음악과 글쓰기 그리고 여행 · 94

어느 뒷골목 선술집 · 98

끝나지 않은 방황 · 102

킬리만자로의 표범 · 104

천관산의 비천상 · 107

어머니의 바느질 솜씨 · 110

바람개비와 나 · 113

홀로 떠나는 여행 · 115

야생화와 잡초 · 119

다른 삶을 만나다 · 122

철새들은 떠나고 · 125

공항버스 · 128

소년, 날개를 달다 · 131

바람처럼 떠돌다 · 133

'살이'라는 접미사 · 136

빈 옹기를 두드릴 때 · 139

아버지의 눈물 · 142

바람에게 전하는 편지 · 145

어버이날 · 147

베토벤의 교향곡 5번 2악장 · 150

겨울농장의 풍경 · 153

막장 드라마 · 156

새 집을 짓자 · 159

이 나이에 · 160

꿈에 대한 소고 · 163

생로병사와 희망 · 166

분 신 · 170

어머니와 아내 · 172

다양성의 삶 · 175

페루의 마추픽추에서 · 178

자주감자 꽃이 필 때 · 181

청포도와 환상 · 182

불 침 · 185

철새와 봄과 농장 · 188

프라하의 황금 소로 · 191

남자들의 수다 · 194

여행을 가자 · 197

판도라의 상자 · 199

아랑훼즈의 기타 협주곡 2악장 · 202

송년 모임을 마치고 · 205

새해에 부치는 글 · 208

작은 성취감 · 210

운명적 만남과 헤어짐 · 213

운주사 · 216

그물망 · 219

초겨울의 비닐하우스 · 221

나의 첫 산행 설악산 · 224

부사 '가까스로' · 228

영화 이야기 · 230

파키스탄의 샹그릴라 · 233

어련히 알아서 · 236

내가 아니다 · 238

모닥불의 연기와 불티 · 241

1969년의 약속 · 244

효석 문화제 · 247

법정스님의 입적 · 250

영화관 옛 풍경 · 253

• 이 책을 읽는 분들께 •

여기에 실린 글들은 대학 때부터 현재까지 사색이나 일상에서 겪었던 일들을 기록한 것으로 그중 몇 편을 뽑아 세상에 내놓게 되었습니다.

그때그때 기록하거나 시간이 한참 지난 뒤 기억을 되살려 쓴 글들입니다.

주제별로, 시대별로 구분하지 않고 내 나름대로 편집을 하였습니다.

그래서 지금의 시각으로 보면 잘 이해가 안 되는 글도 있을 것입니다.

이 책이 나오지 까지 힘써준 생각나눔 출판사에게 감사드립니다.

2021년 3월

이정홍

흐르는 강물처럼

이 문장을
소리 내어 되뇌어 본다.
그 여운이 마음에 잔잔한 강물 되어 흐른다.

생명의 시원을 넘어
대지를 적시는 빗줄기에서
때로 급물살로 바다에 이르는 강물

평화롭다.
깊고 그윽한 생명력을 느낀다.
내 생의 흐름이고
삶의 심상처럼 다가온다.

이 글이 감동으로 다가올 때
강물을 바라보고 있으면
내 삶의 과정을 보는 듯 숙연해진다.

한때, 불면의 시간을 보내며
깊은 사색의 문을 열었던 의문들
왜 사는가

어떻게 살 것인가.
어디서 와서 어디로 가는 것인가.

부조리를 말하며
실존의 의미를 알고자 했던 지난날들
이제 나이 들어서는 그 단어조차 퇴색해버린
지금

시간의 흐름에 따라 어쩔 수 없이 떠오르는
또 다른 의문들
삶의 끝은 바다인가 허무인가
허무가 아니라면
바다에서 또 다른 역사가 시작될 것인가.

그 답이 무엇이든
살아 있는 오늘에 감사하며 흐르는 강물을 바라본다.
나 또한 삶의 감동과 회한을 뒤로하고
어딘지 모를 그 곳을 향해 흘러가리라.

태양과
대지와 나

🖋 다소 늦은 감은 있으나 자작나무를 심을 구덩이를 파다가 잠시 고개를 든다.

땀이 비 오듯 흐른다.

그 풋풋한 5월 초

푸른 하늘과 바람기 먹은 나뭇잎이 지친 나에게 생기를 돌게 한다.

젖을 떼고 밥살이 오른 어린아이처럼 연초록색의 상큼함이 마음을 온유하게 한다.

새들의 지저귐과 5월의 싱그러운 바람이 땀에 젖은 내 몸을 씻어 내린다.

삽을 잠시 놓고 무념의 상태로 하늘을 본다.

아! 빛의 세계가 펼쳐진다.

찬란한 빛이 대지에 투사된다. 그래서 땅을 딛고 사는 내게 있어 하늘을 본다는 것은 내가 하나의 생명으로 당당히 존재한다는 것이다.

하늘은 넓고 높아 끝없는 무한의 세계를 펼쳐낸다.

끝이 없다는 것 얼마나 감동적인가.

그것은 영원함과 자유를 상징한다.

거기에 내 작은 육신과 영혼이 함께 살고 있음에 감사한다.

다시 삽을 잡고 구덩이를 판다. 삽을 통해서 땅의 소리를 듣는다.

그 소리가 내 심장에 와 닿으며 다시 핏줄을 타고 온몸에 퍼진다.

흙냄새가 코끝을 스친다. 어머니의 체취 같은 흙냄새가 핏줄을 따고 온몸에 스며든다.

가슴이 울렁거린다.

몸에서 작은 변화의 소용돌이가 서서히 일어나며 정신이 맑아진다.

다시 땀이 쏟아진다. 생명의 모태인 태양과 대지와 물.

땀은 물이다.

땅으로 떨어진 땀은 흙과 섞이며 빛에 의해 새로운 생명을 탄생시킨다.

그런 순환의 한 고리 속에 내가 자연의 한 축으로 존재한다는 것에 감사하며 경이로운 눈으로 하늘을 바라본다.

자연의 한 연약한 고리로 존재하는 것이 아니라 당당한 생명력으로 존재함을 느낀다.

감히 이렇게 나는 자연과 하나임을 스스로 증명하듯 땀을 흘리고 있다.

이를 통해서 존재의 의미가 분명해 지고 더 크고 확실해진다.

태양과 대지와 물은 상호작용을 통해 순환하며 생명을 탄생시킨다.

하늘은 빛과 비를 내리고 땅은 생명을 창조하니 그 순환의 고리에 속의 내가 있다는 사실만으로 내 존재의 소중함을 깨달을 수 있다.

다시 땅을 파기 시작한다. 어디선가 한 줄기 바람이 불어오고 팔뚝에서는 근육들이 활발하게 움직인다.

하늘을 등에 업고 흙냄새에 취해 정신없이 땅을 파자.

그리고 땀을 미친 듯이 마구 흘리자.

자작나무를 심기 위해 땅을 파는 것인지 땀을 흘리기 위해 땅을 파는 것인지 알 수 없지만 그것은 그리 중요하지 않다.

자연의 하나로 존재하며 살아 있음을 증명할 수 있다면 나는 그것으로 만족한다.

어느 날 내 육신이 지쳐 땅을 파지 못한다면 무한이 넓고 높은 정신의 땅을 파면 될 것이다.

그때 나는 비로써 완성되는 것은 아닌지 또 다른 생각을 하며 땀을 흘리고 있다.

젊은
비구니의 미소

✎ 청송이 없다면 겨울산은 얼마나 쓸쓸하고 적막할까.

앙상한 나뭇가지에 바람이 차다. 얼어붙은 냇물을 따라 산길이 길게 이어지고 퇴색한 가랑잎이 바람에 흩날린다. 새마을 운동으로 몇 채 남은 초가집이 예전과 달리 정겹게 느껴진다.

사회의 첫 출발을 자축할 겸 홀가분한 기분으로 배낭을 메고 홀로 길을 떠났다.

백두대간의 끝자락에 솟아 있는 영남알프스가 산행의 목적지로 하고 대구 팔공산을 넘어 자인에서 운문사행 버스를 탔다.

빈자리가 있었지만 용기를 내어 비구니 바로 옆자리에 앉았다.

산사가 가까워질수록 출발할 때 만원이던 버스가 한산해진다.

내 옆자리에 젊은 비구니와 뒷좌석에 아주머니와 촌로 한 분뿐, 차내는 썰렁하기 그지없다.

흘깃흘깃 훔쳐보는 내 시선을 피해선가 젊은 비구니는 차창에서 시선을 떼지 않는다. 새침하게 도사려 앉은 자세가 아닌 자연스러운 모습에서 어떤 순결함을 보는 듯하다.

비구니의 단정한 몸가짐에서 불성의 성스러움을 느꼈기 때문일까, 내 몸가짐 역시 조금은 조심스러워진다.

평범한 모습이지만 부드럽고 온화한 얼굴에서 오는 따스함이 마음에 젖어

든다.

선이 곱다. 부드러운 콧선, 곱게 내린 턱선과 그 아래로 흐른 긴 목선, 여느 여인과는 다른 단아함과 온후함이 느껴진다.

선(禪)과 선(善) 그리고 선(線)의 조화! 이것이 젊은 비구니에게 받은 첫인상이다.

짜깁기한 헐렁한 회색의 가사와 정성 들여 삭발한 머리는 여인의 모든 욕망을 떨쳐버리려는 종교적 의지가 강렬하게 나타나 신앙의 길이 고행의 길임을 말해주는 듯하다.

다소곳하게 모은 두 손이 곱고 아름답다. 살며시 한번 만져보고 싶은 충동이 일어난다.

무슨 생각을 하고 있을까?

세속의 길과 신앙의 길에서 방황하고 있는 자신을,

사바세계를 벗어나 비구니의 길을 가는 것이 진정 올바른 선택인지를,

제행은 무상이요, 제법은 무아라는 진리를 깨달을 수 있을까,

모든 집착을 버리면 자유자재경에 도달한다는 정토의 세계는,

그러나 나의 관심은 철학과 종교를 떠나 현실적으로 젊은 여인이 왜 이처럼 고행의 길을 택해야 했을까 하는 데 있다.

이십여 년 동안, 아니 어쩌면 더 짧은 세속의 생활에서 무엇을 보고 느꼈기에 젊음의 꿈과 사랑을 회색의 가사 속에 감추고, 인내와 고통을 요구하는 비구니의 길을 택했을까?

중생을 구제하려는 불심 때문일까,

깨달음을 통해 자신을 완성하고자 하는 의지일까,

한 번쯤은 겪어야 했던 사바세계의 이루지 못한 사랑의 상흔 때문인가,

아니면 그 무엇이란 말인가?

이처럼 비구니에 대한 생각과 자문자답으로 머리가 혼란스럽다.

산세는 더욱 험해지고 좁고 울퉁불퉁한 길을 버스는 희뿌연 먼지를 일으키며 거침없이 간다.

운문사 앞 종점에서 내린 승객은 나와 젊은 비구니 두 사람뿐이다.

전나무 사잇길로 멀어져 가는 비구니의 뒷모습을 바라보며 알 수 없는 미묘한 감정이 마음 깊은 곳에서 밀려온다.

환속하기를 바라는 마음으로 그녀의 뒷모습이 보이지 않을 때까지 그 자리에 서 있었다.

다시 만나 볼 수 있을까?

갑자기 한기가 온몸에 스며든다.

숙소를 정하고 노을에 감싸여 있는 운문사로 발길을 옮긴다.

매섭도록 찬 곡풍이 얼굴을 할퀴고 지나간다.

노송과 전나무의 울창한 숲이 산사의 역사와 경건함을 더해 주는 것 같다.

아, 이처럼 불심을 불러일으켜 주는 절이 또 있을까!

전아한 관음전의 추녀가 비구니의 옆모습처럼 단아하다. 활기차되 지나침이 없고 아름답되 화려하지 않다. 바닥이 자연석으로 모자이크된 말끔한 경내에는 그윽한 향내가 가득하고 일정한 간격으로 울리는 목탁 소리에 부처님의 말씀이 들리는 듯하다.

붉은 저녁노을에 반사되는 단청이 새삼 아름다워 보이고 넓은 경내의 노송은 나를 일깨우듯 무엇인가 말해주는 듯하다.

오십여 명의 비구니만이 수도하고 있다는 이 운문사는 한마디로 말해 삼독의 불길이 모두 꺼져버린 열반의 세계처럼 보인다.

뜻밖이었다.

관음전을 나오는 그 젊은 비구니와 마주쳤다.

인연이란 말보다는 우연이라는 표현이 더 적절하겠지만, 왠지 나는 인연 쪽으로 생각하고 싶다.

돌연한 만남 때문일까, 그저 한자리에 서서 바라볼 뿐이다.

사바세계의 고뇌와 번민을 잊어버린 한 여인의 평화스러운 모습을 본다.

잠시 입술에 미소가 번진다. 정말 짧은 순간이었다.

관음의 미소라면 지나친 표현일까.

젊은 비구니의 미소는 과연 어떤 미소였을까?

영산회에서 석가가 대중에게 보여준 연꽃 같은 것일까 아니면 이심전심의 미소일까.

순간 나도 모르게 짧은 미소로 답했다. 나의 미소는 속인들이 갖는 반가움의 표현이지만 젊은 비구니의 미소는 어떤 미소였을까.

아마 내가 죽는 날까지 풀 수 없는 화두로 남아 있을 것이다.

계절에
동승하자

✎ 11월

이제 달랑 두 장의 달력만 남아 있다.

12장의 묵직한 무게를 느낀 것이 엊그제 같은데.

한 장씩 날아가 버린 종이 무게처럼 내 삶도 이렇게 점점 가벼워지는 것이 아닌가.

아직은 그런 무게로 생을 살아서는 안 된다.

어떻게 할 것인가?

이제 회상의 시간을 짧게, 오는 시간은 길게 계산하자.

언제부터인가 지나간 시간은 오랫동안 생각하지 말자는 습관이 생겼다.

뒤돌아보면 기쁘고 즐거운 일보다는 왠지 후회와 자책하는 일들만 떠오를 뿐이다.

그래서 마음이 아프고 편치 않다. 가급적 반성하며 미안해야 할 일들을 삼간다.

요즘은 하는 일이 없으니 반성할 일도 많이 줄어들었다.

나이 들어 이제 철이 좀 났는가 보다. 내 생활이 단순하고 변화가 적은 데 무슨 뒤돌아볼 것이 있겠는가. 때로 그것이 마음 아프고 슬프기도 하다.

과거와 미래, 이제 내게 모두 귀중한 시간이지만 마음 편히 남은 두 달 만을 생각하기로 했다.

여인들이 꼭 필요할 때 만 에메랄드 반지를 끼듯이 나도 그렇게 시간을 써야 하지 않을까.

그리고 내가 무엇을 할 수 있음을 보여주어야 한다.

그러기 위해 나는 아직 생생히 살아 있는 뇌세포들을 한군데 모아 보다 활기차게 활동할 수 있는 새로운 터전을 만들어야 한다.

더 나아가 그곳에 활기차게 나부끼는 깃발을 꽂아 아직 내가 살아 있음을 주위에 소리 높여 알려야 한다.

그래서 내 존재를 확인시켜주는 멋진 깃대를 만드는 작업을 계속해야 한다.

바람에 펄럭일 때마다 뿜어져 나오는 그 힘찬 생각들을 소중히 가슴에 담자.

내 온 전신의 핏줄을 돌고 돌아 가슴에 다시 오면 그때 새로운 의미의 글을 써야 한다.

비록 그것이 소소하고 보잘것없는 글이라 하더라도.

그것만이 현재 내가 할 수 있는 유일한 일인 것 같다.

변화하는 계절에 충실하자.

한때는 계절의 변화를 잊고 살았다.

계절에 동승해 함께 움직여 보자.

바라보는 계절인 아닌 더불어 움직이며 생활하는 나의 계절로 만들어야 한다.

많은 계절을 무의미하게 보냈던 나의 4계를 내 일상에 접목하자.

혹시 작은 변화의 움직임을 감지하게 될지도 모를 일이다.

지금 4계 중 가을이 움직이고 있다. 살아 있음이다. 눈에 보이고 마음으로 느끼고 있다 떨어지는 낙엽도 움직이고 있다.

오스트리아 여류시인 잉게보르크 바하만(Ingeborg Bachman 1926-1973)

의 시,

『놀이는 끝났다』에 나오는 시구,

『추락하는 것은 날개가 있다』 이문열의 소설 제목이기도 하다.

그런데 낙엽은 떨어지는 것인가, 추락하는 것인가?

날개가 없다면 추락도 없다는 의미라고 하는데, 추락하는 것이라면 낙엽
도 날개가 있다.

이제 다가올 겨울을 어떻게 보낼 것인가?

내일은 오늘의 연장이고 11월은 10월의, 2008년은 2007의 연장이라고
생각하자.

남아 있는 시간도 단순히 오늘의 연장선 위에 있다는 생각으로 오늘에 충
실하자.

그리고 계절의 움직임에도 자연스럽게 동승하자.

날개 없이 추락하는 것보다 날개가 있어 추락하는 내가 되기를 바란다.

안토니오 비발디의 바이올린 협주곡 『사계』를 들으며.

아내의
빈자리

✍ 가을이 깊어가는 산하, 10월은 외손녀의 생일이 있는 달이다.

이날이 되면 조촐하게 식사를 한 다음 케이크에 촛불을 켜고 생일 축하노래를 부르며 건강하게 자라기를 진심으로 기원하는 즐거운 날이다.

첫 손녀이기에 많은 사랑을 주었으며 늘 보고 싶어 했는데, 올해는 코로나19 때문에 나 외에는 병문안이 극히 제한되어 있어 병실을 찾을 수 없어 너무 슬프고 안타까울 뿐이다.

이날이 되면 아내는 자기 생일인 것처럼 아이들보다 더 수선을 떨며 촛불을 끄고 케이크를 자른다.

유난히도 케이크를 좋아했던 아내.

그런데 오늘은 아내의 자리에 아내가 없다.

텅 빈 의자만 있고, 그녀의 수선도 없고 노래도 없다. 마치 종교 의식을 치르듯 그렇게 생일 축하는 끝났다.

아내의 빈자리를 보며 누구도 아내에 대해 아무 말도 하지 않는다.

나 역시 이 자리에 맞는 말을 찾고 있지만, 무슨 말은 해야 할지 생각이 나지 않는다.

침묵이 이 모든 것을 대신한다.

병실에서 아내는 말한다.

내가 없어도 점심은 꼭 같이하고 할머니가 너를 아주 많이 사랑한다는 말을 잊지 말고 꼭 전하라면서 자신의 이름으로 된 축하봉투를 내민다.

그리고 눈물을 삼킨다. 소리 내어 울고 싶다, 소리 내어 엉엉 울고 싶다.

아내는 지난해 생일날, 창백한 얼굴로 하던 말이 더욱 나를 슬프게 한다.

"여보, 내년에도 내가 생일 축하 노래를 부를 수 있을까?"

쓸데없는 말을 한다고 핀잔을 주었지만 나도 정말 아내가 내년에도 지금 그 자리에 있을까 몇 번이고 되뇌어 보았다.

예언이 맞은 듯 있어야 할 그 자리에 아내는 지금 없다.

아마도 병실에 누워 축하를 하고 있는지도 모른다.

아무도 모르게 눈물을 흘리면서.

아, 그래서 나도 눈물이 난다. 병실에 혼자 누워있는 아내를 생각하며 눈물이 난다.

눈물을 참는다. 마음속으로 눈물을 흘린다. '나에게도 이렇게 많은 눈물이 있구나.'

'정녕 아내는 내년 애들 생일까지 살아 있을까?

의사의 말로는 올해를 넘기기 힘들다고 했는데.'

막연하지만 절실하게 기원한다.

내년에도 또 그다음 내년에도, 그리고 수없이 많은 내년을, 비록 집에서는 생일 축하 노래를 함께 부를 수 없어도 병실에 누어서라도 생일노래를 부를 수 있도록 그녀를 보내준 자연에게 나는 눈물로 간절히 호소한다.

'얼마 남지 않은 내 짧은 시간이라도 아내에게 주기를.'

천사를 만나고 싶다

당신은
천사가 당신 곁에 다가오기를 기다리는가?
그러면 당신은
천사를 만날 수 없다.

천사는
하늘이 아닌 당신의 마음속에 있다.
모르고 있을 뿐

천사도 당신을 만나고 싶어 한다.
당신이
마음의 문을 굳게 닫고 있어서
당신 앞에 나타나지 못할 뿐

천사는 기다린다.
당신이 스스로 문을 열 때까지
그게 천사의 마음이다.

닫힌 문을 누가 열 것인가.
그 문 열쇠를 갖고 있는
오직 당신만이 할 수 있다.

아직도 당신은 천사를 만나고 싶은가

그렇다면 마음속에 잠자고 있는
사랑!
그것부터 깨우는 일을 시작하라
그것이 열쇠다.

그때 비로소
당신은 천사를 만날 수 있다.

산노인

    ✎ 따스한 초가을의 햇살을 받으며 속초행 버스에 몸을 실었다.

설악의 단풍을 보기 위해서다.

금강산의 가을을 풍악이라 했던가. 그에 못지않다는 설악의 단풍은 과연 얼마나 아름다울까?

백담사 - 흑선동계곡 - 대승령 - 장수대 코스는 초행이기 때문에 불안한 마음으로 출발했다. 단풍으로 장식한 대승폭포를 지나 장수대에 도착했다.

여기서부터 오색까지는 10여 km 남짓. 4시간이면 충분하다는 생각에 출발했으나 갑자기 피곤이 엄습해와 서너 채 남아 있는 화전민 집을 찾아들었다.

오십 대 후반 가량의 아주머니가 빈방을 내주신다.

배낭을 내려놓으니 피곤이 한꺼번에 밀려온다. 군불을 때는지 매캐한 냄새와 함께 방바닥이 따뜻해진다.

옷을 입은 채 쓰러져 얼마를 잤을까? 문을 두드리는 소리에 놀라 깨니 아주머니와 함께 환갑이 넘어 보이는 노인 한 분이 들어오신다.

약초를 캐러 다니시는 분인데 함께 방을 쓰도록 양해를 구한다.

허름한 옷차림이지만 기품이 있어 보이는 노인이시다. 윤기 흐르는 얼굴은 아니지만, 그렇다고 삶에 지친 얼굴도 아닌 자연 그대로의 평범한 노인의 모습에서 친밀감이 느껴진다.

비로써 방 주위를 살펴보았다. 칸 반쯤 되는 방에 옥수수더미와 약초가 윗목에 쌓여 있고 항아리 두 개와 궤짝 하나가 놓여 있다.

덜컹거리는 들창 소리가 밤의 정적을 깨뜨리고 하늘거리는 등잔불이 설악의 밤을 만끽한다.

조용히 문이 열리며 방금 쪄낸 옥수수와 막걸리를 가져오신 아주머니의 친절이 여행자에겐 그저 고마울 따름이다.

산노인은 속초에서 어부 생활을 하다가 산이 좋아 약초 캐는 일은 직업으로 삼게 되었으며, 자녀들은 성장해 외지로 나가고 할머니와 두 분이 살고 계신다고 한다.

일생을 잘 살았다고는 할 수 없지만, 30년이 넘도록 산과 약초와 하늘과 나무와 더불어 정직하게 지금까지 살아 오셨다는 산노인의 말씀이 감동적이다.

일생을 정직하게 살아왔다는 것!

아직도 세상을 이렇게 사는 사람이 있을까?

산은 언제나 모든 사람을 정직하게 만든다는 말이 생각난다.

흐느낄 듯한 촛불에 비친 산노인의 눈빛은 노인답지 않게 맑고 깨끗하다.

가끔 투박한 입술에서 베어 나오는 미소는 잘 다듬어진 미소가 아닌 자연 그대로의 따뜻한 미소로 상대방의 마음을 편안하게 한다.

길게 자란 턱수염 때문에 얼굴 전체에서 풍기는 모습이 마치 신선 같다.

더욱이 말하는 중간 중간에 내 손을 잡으시는 산노인의 손길이 그렇게 따뜻할 수 없다.

부드럽거나 그렇다고 거친 손도 아니지만, 살갗과 살갗을 통해 가슴과 가슴으로 흐르는 따뜻함이 정감을 자아낸다.

정직한 사람은 선인(善人)이며 선인은 곧 선인(仙人)이 아닐까 하는 생각이 든다.

혹시 이 산노인이 선인(仙人)이 아닐까.

그러나 나는 선인(仙人)보다는 정직한 선인(善人) 이기를 바란다. 선인(仙人)보다는 선인(善人)을 만나기 더 어렵다는 우리들의 일상.

얼마를 더 이야기했을까? 코를 고시는 산노인에게 이불을 덮어드리고 잠을 청한다. 정말 잊을 수 없는 아름답고 의미 있는 밤이다.

산을 신앙처럼 여기는 산노인과 따스한 인정을 계산 없이 베푸시는 아주머니의 마음속을 헤아리며 나는 깊은 생각에 빠진다.

살아남기 위한 경쟁에서 도시인의 위선과 지나친 자기애에 침몰되어 관용과 용서를 모르는 각박한 생활태도가 과연 이 노인에게 어떻게 비쳤을까?

그대로의 나를 노출시켜 이 깊은 산중에 던져 버렸을 때 그 노인의 삶과 내 삶의 의미는 어떤 차이점이 있을까?

정직이 곧 최고의 선이란 말이 언제 어디서나 진리일 수 있기 위해서는 정직하게 살아온 사람의 실체를 만나야 한다.

그러면 노인은 정직한 실체일까?

노인의 맑은 눈빛과 미소, 노인의 손길을 통해서 산노인이 정직한 실체라는 생각이 든다.

오랜간만에 깊은 잠에 푹 빠져들었나 보다.

눈을 뜨니 산노인은 일찍 길을 떠나신 것 같다.

들창을 연다. 찬바람과 초가을 아침 햇살이 눈이 부시도록 방안 가득히 쏟아져 들어온다.

산속에 묻힌 또 다른 화전민 집에서도 아침 연기가 안개처럼 산허리를 감돈다.

산노인과 이렇게 헤어진 것이 못내 아쉬움으로 남는다.

몸은 가볍고 마음은 상쾌하다. 태양은 눈 부시며 자연 속에 깊이 묻힌 나는 산노인과는 달리 무엇을 얻고자, 무엇을 향해 왜 길을 떠나야 하는지도 모르면서 이렇게 길을 떠나고 있지 않은가?

산여인

　　𝓵 아침 일찍 상원사로 출발했다.

　계곡을 가득 메웠다가 은은하게 사라지는 월정사의 종소리가 새벽 공기를 흔들어 깨운다.

　상원사까지는 8km 남짓한 거리다.

　비가 내리기 시작했다. 제법 굵은 빗줄기다.

　상원사와 적멸보궁을 뒤로 한 채 안개구름 숲을 헤치며 올라갔다. 고적함을 느끼기에는 너무 주변의 날씨 변화가 심하다.

　비옷 속으로 스며든 빗물이 차다. 바람이 불 때마다 큰 나무에서 후드득 떨어지는 빗물이 섬뜩하다. 홀로 나선 길이 외롭고 쓸쓸하다는 느낌보다는 무섭다는 생각이 먼저 든다.

　망설이다가 처음 마음먹은 대로 비로봉 정상에 오르기로 했다.

　잠시 안개구름이 걷히면서 비로봉이 눈앞에 나타났다.

　정상에 검은 물체가 얼핏 보였지만 흔히 산에서 볼 수 있는 돌탑쯤으로 생각하고 별로 신경을 쓰지 않았다.

　가까이 갈수록 윤곽이 뚜렷해지면서 그 물체는 돌탑이 아닌 사람의 모습이었다.

　검은 옷에 사납게 헝클어진 긴 머리를 한 누군가가 정상 가운데 우뚝 서서 올라오는 나를 뚫어지게 내려다보고 있다.

나의 움직임 하나하나를 살피는 뜻한 그 자세에 압도되어 온몸이 굳어버릴 것만 같았다.

이때처럼 사람이 무섭게 생각된 적이 없다.

그냥 내려갈까 망설이는 사이 이미 정상이 가까워지면서 그 사람의 모습이 뚜렷해진다.

용기를 내어 그 사람을 똑바로 쳐다보았다.

산발한 머리에 군화와 군복차림으로 등에 망태기를 메고 있지만, 그한테서 풍기는 전체적인 느낌은 남자라기보다는 여자라는 생각이 든다.

나와 그 사람은 아무 말 없이 그냥 그렇게 서서 흘러가는 구름에 시선을 모을 뿐이다.

날씬한 몸매에 큰 눈이 조금은 무언가 경계하는 뜻한 눈빛에서 그가 여자라는 확신을 갖게 했다. 나는 이 여인에게 산여인이라는 이름을 붙였다.

안개구름은 산여인과 나 두 사람만을 남겨 놓은 채 능선을 타고 넘어간다.

비로봉을 올랐다는 것 그것으로 만족해야 했다.

산여인과 나는 몇 걸음의 간격을 유지한 채 말없이 산을 내려왔다.

상원사에서부터는 나란히 걸으며 짧은 대화가 오고 갔다.

월정사 아랫마을에 집이 있고 몇 년 전 남편과 사별하고 남매를 데리고 살고 있다고 한다. 농사만 가지고는 생계가 어려워 약초를 캐러 산에 오른다고 한다.

대개는 나이 많은 노인들과 함께 다니지만 때로는 혼자서 나설 때도 있다고 한다.

처음에는 산에 오르는 그 자체가 너무 무섭고 힘들었으나 지금은 산이 좋아서 산에 오를 때도 있다고 한다.

산을 오르면서 약초를 캐는 일에 몰두하다 보면 생활에서 오는 온갖 시름과 근심을 말끔히 가시기 때문에 이제는 생활의 중요한 일과처럼 되었다고 한다.

잠시 검은 구름이 서서히 걷히더니 맑고 푸른 하늘이 나타나며 8월의 태양은 열기로 가득하다.

두 시간 남짓 걸려서 월정사에 도착했을 때는 정오가 훨씬 지난 후였다.

여기서 서로 헤어졌다. 나는 버스 정류장으로 산여인은 마을로, 잠시 동안의 인연을 뒤로 한 채 각자 자기의 길을 간다.

왠지 마음이 울적하고 가슴 한구석에 아쉬움과 연민의 정이 안개처럼 스며든다.

짧은 만남에 단편적인 여인의 삶을 엿보게 된 것이 공연히 나를 우울하게 한다.

산여인에 대한 동정일까, 아니면 연민의 정 때문일까?

푸른 하늘과 태양은 간데없이 사라지고 다시 낮은 구름이 몰려오더니 비가 내리기 시작한다.

간평리로 길게 뻗은 흙길이 비에 가려 아득히 멀어 보인다.

산을 의지하고 산의 품에 안겨 생활하는 사람들은 어디에서나 흔히 볼 수 있다.

생활의 터전인 산은 그 여인에게 어떤 의미로, 그냥 산이 좋아서 산을 오르는 나에게 산은 또한 어떤 의미일까?

자연이라는 하나의 대상이 각자의 환경에 따라서 그 의미가 전혀 달라진다는 것은 그만큼 삶의 방식이 다양하기 때문이리라.

한가롭게 산을 찾는 내가 산여인에게 까닭 없이 미안하다는 생각이 든다.

생계를 위해 산을 오르는 산여인의 눈에 단순히 산이 좋아 산을 오르는 나를 어떤 시선으로 보았을까. 각자 삶의 방법이 다르다는 말로 변명이 될까?

산여인은 아마 비 때문에 오늘 하루 헛수고했다는 단순한 생각으로 집에 갔을 지도 모를 일인데 내가 이처럼 깊은 생각에 잠기는 것은 여행자에게 가끔 찾아오는 감상 때문일까?

아니면 산여인의 맑은 눈에 얼핏 비친 그늘을 보았기 때문일까.

나와는 달리 산여인에게 있어 산은 수단으로서의 산이 아닌 또 다른 그 무엇이 존재한다고 생각한다. 산에서 태어나 자랐고 산과 더불어 즐거워하고 슬퍼하는 과정에서 산과 산여인은 서로 다른 자연이 아닌 하나의 자연이다.

그래서 산과 산여인은 서로 어머니와 딸로서 깊은 애정과 신앙으로 교감하고 있을 것이다.

이 세상 모두가 잊는다 해도 산은 산여인의 삶을 사랑하고 오래오래 기억할 것이다.

산을 사랑하는 마음이 곧 자신을 사랑한다는 마음으로, 산여인이여, 부디 당신의 길을 용기 있게 걸어가십시오.

에베레스트
베이스캠프

✐ 칼라파타르에 서다.

트레킹으로 에베레스트(네팔어 sagarmatha, 눈의 여신) 베이스캠프(약 5,364m)와 칼라파타르(5,550m)를 갔다 온 지 오늘째 꼭 2일째.

떠나기 전의 건강을 거의 회복되었고, 아직 감기는 그대로지만 활동하는 데 큰 지장은 없다.

지난밤에는 에베레스트 꿈도 꾸었다.

사랑하는 연인처럼 장대한 설산의 빙하곡과 남체에서 바라다보는 아마다 불람(어머니의 진주 목걸이 6,812m)이 마치 에베레스트의 수호신처럼 당당한 위용이 눈앞에 어른거린다.

겨울의 한 중심인 1월 5일 인천공항에서 출발, 카트만두에 도착했다.

트레킹 출발지인 루크라 비행장에서 목적지인 베이스캠프까지 갔다 오는 데 8박 9일, 왕복 약 90km 정도다.

비행장이 없었을 때는 카트만두에서 이곳까지 걸어서(caravan) 왔다고 한다.

추위와 고산 증세에 따른 두통, 오심, 식욕부진, 추위에서 오는 수면 부족으로 정말 고통스러웠다.

트레킹에 참여 인원은 동료 4명, 그리고 가이드 1명, 요리사 겸 포터 6명, 2마리의 블랙 야크와 이를 몰고 가는 소녀 2명 등 13명으로 구성된 팀이었다.

에베레스트를 직접 보고 싶다는 오랜 나의 욕망과 셰르파(sherpa)의 친절과 동행자의 격려가 없었다면 중도에서 끝날 수도 있었다.

13명이 먹을 식량과 간식, 각종 식기와 압력밥솥, 그리고 프로판가스통까지 등에 지거나 머리에 이고 험한 산길을 오르는 셰르파들. 우리 일행의 20kg 정도의 카고(cargo) 백과 건초를 지고 가는 블랙 야크의 고통이 없었다면 실패할 수도 있었다.

동트기 전 추위에 떨다 일어나면 그들이 갖다 준 따듯한 밀크 차가 추위를 녹여 준다.

일행 중 생일을 맞은 날, 직접 만든 그럴듯한 케이크와 축하노래가, 일행보다 늦게 도착한 나에게 보내는 따듯한 박수와 환호 소리가 들리는 듯하다.

머플러를 매어 주며 안아 주던 그들의 눈길이 없었다면, 무사히 트레킹을 마쳤다는 조촐한 축하 파티와 한 소녀의 멋스러운 전통춤이 없었다면 이번 트레킹의 의미는 반감되었을 것이다.

무엇보다도 그들의 친절과 따듯한 봉사와 순수함이 묻어나는 눈길이 이 모든 일정을 무사히 마칠 수 있게 한 원동력이다.

내게는 한 편의 드라마 같은 생각이 든다. 여기에는 주연, 조연, 엑스트라가 따로 있을 수 없다.

조명은 자연의 햇빛이 있지 않은가? 건기라 하늘을 무한 청정하다.

먼지 하나 없는 겨울 하늘에 거침없이 쏟아내는 햇빛, 그리고 설산 하늘에 눈동자처럼 박혀 있는 달과 별, 찬 달빛에 반사되어 나오는 설산의 파란 빛깔, 그 사이사이를 휘몰아치는 히말라야의 찬 바람소리와 야크의 방울 소리가 이 드라마의 음악이다.

제작자는 없다. 연출은 자연이다.

하늘과 달과 별, 그리고 바람과 히말라야의 설산과 깊고 맑은 계곡의 강물들이다.

이곳의 연출가는 결코 연출하려 들지 않는다. 오직 장소만 제공하고 착한 인간의 본성에 맡길 뿐이다. 인간의 오만함이 없다면 언제나 이 드라마는 성공적이다.

어디에 내놔도 한 편의 아름다운 시적 드라마가 된다.

그러나 여기에 분명 주연이 있다. 이 땅에서 태어나고 설산을 보며 성장한 이곳의 주인 셰르파들이다. 그들은 인간이기 이전에 자연이다.

태양과 달과 별, 나무와 풀들, 설산의 봉우리와 바람들과 같은 자연이다.

그들의 삶은 고단하다. 적어도 우리가 보기에는 그렇다. 낯선 이방인에게 그들은 고통의 대가로 삶을 이어가는 듯하지만, 그들의 행복한 미소는 따뜻하고 순수하고 생기가 있다.

그들의 삶이 앞으로 어떻게 변하든 그들이 이 히말라야의 주인이며 주연이라는 사실 앞에 우리는 영원히 조연일 수밖에 없다.

시간이 지날수록 그 고통이 아름답게 느껴진다.

다시 그곳을 가고 싶다.

이제는 겨울이 아닌 4~5월에 가고 싶다. 구름과 안개로 덮인 푸른 숲과 나무와 풀들 그리고 히말라야의 겨울을 이겨낸 꽃들을 볼 수 있을 것이다.

겨울의 황량함과 장대함이 아닌 히말라야의 섬세함과 부드러움을 보고 싶다.

동숭동 옛 문리대 자리

✎ 마로니에 광장에서

어제는 갓 두 돌 지난 외손녀가 입원해 있는 서울대학 어린이 병원을 찾았다.

늦가을 코끝을 스치는 바람은 차갑고 푸른 하늘이 더 차갑게 느껴지는 아침, 태양은 눈 부시게 빛나고 있다.

이왕 온 김에 근처에 사는 친구 k를 마로니에 광장에서 만나기로 했다.

약속시간보다 좀 일찍 나와 광장을 찾았다.

일요일, 대학로에는 젊음의 광장답게 많은 젊은이가 모였다 흩어지곤 한다.

경제적으로 어려울 때지만 젊은이들의 활기찬 모습에 가슴 뿌듯하다.

가끔 이곳을 지나칠 일이 있으면 잠시 머물다 가기도 한다. 일 년에 한 번 정도는 될까?

다양한 문화공간과 젊은이들의 활기찬 모습을 볼 수 있어 좋다.

싱그럽고 활기찬 젊음과 살아 숨 쉬는 생동감이 내게 전이되어 내가 살아 있음을 느끼게 한다.

굳이 꼬집어 말할 수 없는 그냥 그 분위기에 젖어보는 게 좋기 때문이다.

때로는 나 자신이 그 분위기에 어울리지 않는 이방인처럼 느껴질 때도 있지만, 그렇다고 못 올 곳도 아니라는 생각이 든다.

이곳저곳을 걷다가 잠시 상념에 젖어본다.

엊그제 같은 몇십 년이 지났는데도 내 젊은 날의 기억은 아직도 살아 숨 쉬고 있다.

과천으로 옮기기 전 동숭동 문리대 자리, 부푼 가슴으로 불안에 떨며 마로니에 옆을 지나 시험장에 들어섰던 일. 발표장에서 겪어야 했던 좌절과 아픔.

왜 그렇게 내가 초라하게 보였으며, 마로니에는 왜 그렇게 높게만 보였던지.

재도전을 했지만 끝내 눈물을 머금고 걸어 나와야 했던 그 참담함이란. 내게 처음으로 좌절과 방황의 시간을 안겨주었던 대학 입학시험.

어쩌다 대학 건물을 지날 때 살아나는 그때의 아픔을 애써 지워야 했던 지난날의 기억들.

하지만 나를 존재케한 모든 것들이 아름답게 형상화 되어가는 요즈음 이 거리는 내게 삶이 무엇인지를 일깨워준 단초가 되었다.

지금처럼 하루하루를 의미 없이 소비하는 오늘의 나보다는 그때의 아픔과 방황이 새삼 역동적이라는 생각이 든다.

그 후에 이 대학 교수실에서 대학원생으로 혼자 강의를 받은 적이 있다.

그것도 아주 짧은 6개월 정도다.

교수님은 독일서 박사학위를 받으시고 교수생활을 하신 지 몇 년이 되지 않아서 불행히도 갑자기 세상을 떠나셨다. 결국, 그 강좌는 2학기 초에 중단되고 말았다.

이것이 내가 이 대학과 맺은 연의 전부다.

2층의 붉을 벽돌의 본관 건물, 그리고 어둠침침한 강의실이 왜 그리 멋있어 보였는지.

학문의 산실이란 이름 때문일까. 아니면?

관악산으로 옮겨 간 후의 대학로, 아쉬움이 크다. 그대로 있었다면 더 좋은 거리가 되지 않았을까 하는 생각이 든다.

어쨌든 서울에 아직 이런 거리가 남아 있어 회상에 젖게 하는 나 같은 사람이나, 내일을 설계하는 젊은이들에게 얼마나 좋은 장소인가.

시간은 많이 지났지만, 그때의 좌절과 방황이 아직도 꺼지지 않은 불꽃으로 남아 있어 오늘의 나를 지탱하는 힘이라고 애써 고집을 부려본다.

고개를 들어 하늘을 본다. 맑은 하늘에 햇빛이 따뜻하다. 젊은이들과 마주할 때마다 그들의 밝은 웃음소리에 귀 기울여 본다.

아, 시간이 벌써 이렇게 지나갔나. 친구와 낙산 가든에서 우거지 해장국을 먹었다.

대학로에 어울리지 않는 음식점이라고 생각했지만 의외로 젊은 사람들이 많다.

해장국도 맛있지만, 일손을 돕는 아가씨의 친절이 따뜻하다.

친구 K 말이 맞는 것 같다.

밖으로 나오니 눈부신 햇살을 받은 오후가 거기 있었다.

슈만의
헌정

✑ I시의 그 도서관은 바다가 내려다보이는 나지막한 언덕 위에 자리 잡고 있다.

일본식 목조 건물에 잘 가꾸어진 아담한 정원이 마치 별장을 연상케 한다.

사실 이 건물은 일본인이 거주하던 집이었다고 한다. 해방 후 시에서 개수해 도서관으로 사용하는 건물로 이 도시의 유일한 공공 도서관이다.

2층 높이의 석축 밑으로 돌담길이 이어지고 끝나는 곳에 엷은 황색의 타일을 입힌 2층 양옥집이 바다를 향해 자리 잡고 있다.

고교생인 나는 시험 때면 가끔 도서관을 찾곤 했다.

어느 초여름 일요일, 도서관 난간에 기대 한가롭게 바다 정경을 내려다보고 있는데, 어디선가 피아노 소리가 들린다. 바로 그 집이었다. 양쪽으로 열린 창문 사이로 길게 드리워진 커튼이 싱그러운 초여름 바람에 실려 창밖으로 너울댄다.

'누구일까? 저렇게 멋진 집에 살며 피아노를 치는 주인공은.'

1950년대 말, 집에 피아노가 있다는 것은 서민들로서는 생각할 수 없는 일이었기에 더욱 관심이 갔다.

이때부터 나의 마음은 상상의 날개를 달고 끝없이 맑은 하늘을 향해 날고 있다.

'내 또래의 여고생이겠지?'

어떤 날은 그녀의 모습이 보고 싶어 설레는 마음으로 창문을 하염없이 바라본 적도 있었다.

시간의 흐름 속에 상상의 여고생은 어느덧 구체적인 모습으로 형상화되어 갔고 내가 처음으로 창조해 낸 아름다운 여인으로 성장하고 있었다.

대학 입학 후 종종 도서관을 찾았고, 그런데 어느 땐가부터 피아노 소리가 들리지 않았다.

'혹시 이사를 갔나? 이제는 음대생이 되었겠지.'

소중한 것을 잃어버린 허탈감과 그리움을 안은 채 그곳을 떠났다.

그 후 나는 서울로 이사를 했고, 결혼을 해서 아이가 둘 딸린 중년 남자로 변해 있었다.

동창회에 갔다가 불현듯 잊고 있었던 옛 도서관과 그 집이 생각나서 홀로 언덕길을 올라갔다.

주변 환경이 변한 것과 같이 도서관과 그 집도 시간의 변화를 막을 수는 없었다.

상상 속의 그녀도 시간의 흐름에 따라 변해 있었다.

'아이 엄마가 되어, 아직도 맑은 눈과 고운 손으로 딸에게 피아노를 가르치는 중년의 부인이 되었겠지.'

어느 때부터인가 상상 속의 그녀는 내 가슴속에 피그말리온(pygmalion)의 조각상처럼 그리움의 대상으로 변해 있었다.

변해버린 모든 것이 초라하기보다는 아쉬움과 그리움으로 다가온다.

이제 회상에 젖기 쉬운 나이, 잃어버린 기억을 되살리기나 하듯 최근에 그곳을 찾았다.

상상의 세계는 때로 실제의 세계보다 더 오래 기억되는 것인가?

옅은 담황색의 타일을 입힌 건물은 주변의 변화 속에 묻혀 있었고, 작은 고깃배와 여객선이 전부였던 항구는 옛것에 대한 추억조차 찾기 어려울 정도로 변해있었다.

시간의 잔인함을 본 것 같아 변화의 아픔을 또 한 번 실감해야 했다.

때로 그런 변화가 내 아름다운 기억에 상처를 주었지만, 그 여고생은 아직도 내 상상 속에 여인이 아닌 현실의 속의 여인으로 여전히 나이를 먹고 변해가고 있었다.

'지금 그녀는 손자를 둔 할머니가 되어 곱게 빗은 반백의 머리에, 단아한 모습으로 여고 시절을 회상하며 조용히 피아노를 치고 있을 것이다.'

어떤 곡을 연주하고 있을까?

평생 동안 자신을 멀리서 바라보며 그리워한 한 감성적인 남자를 위해 그녀는 연민의 정으로 이 곡을 연주하고 있을지도 모른다.

'『로베르트 슈만의 헌정』'

귀향

자연에서 태어나 함께 숨 쉬며
오늘에 이르렀다.
나 이제 그곳으로 돌아가리라

삶에
미련이 없다고 말하지 않겠다.
그렇지만
모든 것을 훌훌 털고
홀로 훠이훠이 떠나가리라

그런데 누가 나를 위해 눈물을 흘릴까.
눈물을 흘릴 사람이 적을수록
다행이라는 생각이 든다.

마음 편히 떠날 수 있으니
하지만 왠지 그들의 눈물에
발길이 무겁고
자꾸 뒤돌아볼 것 같아서다.

죽은 후에

울거나 슬퍼할 사람이 무에 필요한가.

삶이란 시간이 잠시 맡긴

아무것도 없는 공의 세계인데

혹시

나를 위해 울거나 슬퍼하지 마십시오.

나 자신도

나를 슬퍼하지 않습니다.

귀향은 슬픈 것이 아니기에

결혼
47주년

✒ 1975년 3월 30일.

오늘은 아내와 결혼한 지 47주년 되는 날이다.

올해는 유난히 벚꽃이 일찍 피어 도시 전체를 환하게 하고 있지만, 당시는 서울을 비롯한 중부지방은 터질 듯 꽃봉오리만 맺혀 있을 때였다.

신혼여행을 간 제주는 서귀포지역은 만개를 넘어 이미 지고 있었다.

밤 9시경 딸아이한테서 카카오톡이 왔다.

엄마는 멀리 떠나셨지만, 결혼 47주년을 축하한다고.

아 참, 그렇구나. 내가 또 깜박했다.

나는 30이 넘어 아내와 결혼을 했다. 당시로는 한참 늦은 결혼이었다.

아내가 살아있을 때도 결혼기념일 날을 잊어서 아내한테 한 소리 듣기도 여러 번인데.

또 그랬구나.

아내는 이런 나를 두고 그곳에서 무어라고 했을까.

무관심도 아니고 사랑하지 않아서 그런 것도 아닌데 가끔 잊어버린다.

아내에게는 큰 행사 중 하나일 텐데. 물론 나에게도 가장 중요한 행사임에는 틀림없는데 어쩌면 좋으랴 이 일을.

미안하다는 말로 끝낸다는 것은 나 스스로도 용서가 안 되는 일이다.

아내가 세상을 떠난 지 얼마나 됐다고 5개월도 아직 안 되었는데 결혼기념일을 잊어버리다니.

시간을 본다. 9시간 조금 넘은 시각이다.

아직 제과점이 문을 닫을 시간은 아닌 것 같다. 부리나케 가까운 제과점을 찾았다.

아내가 좋아하는 초콜릿으로 장식된 케이크를 샀다.

케이크의 자를 때 아내는 꼭 이런 말을 한다. '이것 혼자서 다 먹어보는 것이 소원이라고.'

그 소박한 소원인데 들어주지 못했다. 핑계는 있다. 당뇨병에 좋지 않다는 이유로. 아내는 유방암 말고도 오랫동안 당뇨병으로 고생하고 있다.

그래도 한 번쯤은 그 소원을 들어줄 것을 지금 생각하면 후회막급이다.

아내는 촛불 끄기를 좋아했다. 자기 생일이 아닌 애들이나 손자 생일날이라도 같이 생일축하 노래를 부르고 촛불 끄기를 아이들보다 더 좋아했다.

케이크에 촛불을 꽂고 한참 멍하니 바라보고 있다. 촛불이 서서히 타들어간다.

아내의 빈자리를 본다. 즐거워하는 밝고 환하게 웃는 아내의 얼굴이 떠오른다.

코끝이 찡하며 눈물이 난다. 그런데 나를 보며 노래를 부르라고 재촉한다.

생일축하 노래를 부른다. 생전의 모습대로 아내는 손뼉을 치며 어린아이처럼 즐겁게 노래를 부른다. 그래서 눈물이 난다.

노래가 끝나자 함께 촛불을 끄자고 한다. 거의 밑바닥까지 타들어 간 촛불은 끈다.

아내 쪽을 촛불을 꺼지지 않은 채 그대로다.

나보고 마저 끄라고 한다. 훅 불어 나머지 촛불을 끈다.

그리고 아내의 모습이 꺼진 촛불의 연기처럼 서서히 사라지고 있다.
'당신이 그렇게 훌쩍 떠나면 나는 어떡하라고, 가지 말고 내 옆에 있어 줘.'
아내가 없는 결혼 축하기념일.

아내의 빈자리에 케이크를 밀어놓고 포크를 내밀었다.
당신이 평소에 소원했던 대로 케이크를 다 혼자서 마음껏 먹으라고.
그리고 포도주잔을 꺼내 아내의 잔에 가득 따른다.
아내 앞에 놓여있는 유리잔에 부딪혀 본다.
그런데 맞부딪치는 소리가 나지 않는다.

여행이란

✎ 여행을 마친 다음 날 잠에서 깨면 여기가 어느 여행지의 호텔방인가 하는 생각에 주위를 잠시 둘러보게 될 때가 있다.

특히 그 증상이 2, 3일 지속된 것은 2주간의 에베레스트(쿰부빙하 지역) 베이스캠프(5,300m) 트레킹을 마치고 돌아와서다.

1월의 혹독한 추위와 고산 증세로 심하게 고통을 받은 그 여파가 몸의 균형을 깨트렸나 보다.

장기간의 여행에서 돌아오면 대체로 그런 현상을 경험하지만, 이번 트레킹은 좀 더 오래간다.

여행의 후유증이랄까? 그런 의미에서 아직도 나는 트레킹 중이다.

고통에서 벗어났다는 안도감과 여행이 끝났다는 아쉬움이 교차한다.

그 아쉬움 때문에 다시 여행계획을 세우고 호기심 가득 짐을 꾸리는 상상을 하며 잠시나마 행복감에 젖기도 한다.

혹시 여행 중독증이라는 병명이 있다면 나는 그 증세가 조금은 있는 것 같다.

자가 진단으로 중증은 아니고, 초기 증상이 시작된 것은 분명해 보인다.

국내외를 막론하고 어딘가 갔다 오지 않으면 몸이 근질근질하고 불안하며 가슴이 답답해 괜스레 짜증을 부리게 된다.

그러면 아내는 "당신, 또 그 병이 도졌군요."하며 "내 걱정하지 말고 떠나

세요."한다.

진심일까? 의심하면서도 고맙다. 생각 같으면 짐을 꾸리고 당장 떠나고 싶지만 마음뿐이다.

사실은 미안한 마음이 앞서 행동으로 잘 옮기지 못한다.

내 일터인 농장에서 인천공항이 그리 멀지 않은 곳에 있어 오가는 비행기가 드나드는 길목이기도 하다.

맑은 날 구름 사이로 비행기 소리와 은빛 날개가 보이면 잠시 하던 일을 멈추고 하늘을 올려다보며 많은 생각에 빠져든다.

체력이 감당할 수 없는 상황에 이를 때까지 길고 긴 장기간의 여행을 하고 싶다.

반복되는 일상에서 벗어나 호기심 가득 새로운 세계를 경험하면서 자유롭게 여행을 하고 싶다. 남달리 호기심이 크기 때문일까 아니면 다름에 대한 막연한 어떤 동경 때문일까?

어쩌면 내 여행은 거창한 뜻이 담겨 있지 않은 단순한 호기심의 발로일지도 모른다.

아무래도 상관없다. 여행은 내게 밥 먹는 것처럼 일상이고, 나를 나답게 하는 정체성일 수도 있으니까.

따라서 여행이 없는 내 삶이란 생각할 수 없다. 삶 자체가 하나의 여행인데 여행을 빼놓고는 내 삶은 무의미해지고 존재감마저 잃게 된다.

여행 준비를 하고 떠날 때 가벼운 흥분과 즐거움이 있듯이 똑같은 무게로 돌아올 때도 그런 느낌을 받는다.

나를 기다려주는 사람이 있다는 것, 그것만큼 가슴 뿌듯한 일도 없을 것 같다.

그래서 사람들은 여행이 즐거운 것은 돌아갈 집이 있기 때문이라고 말하는가 보다.

나는 방랑자가 아니기 때문에 여행이 즐거운 것이다.

Robert Louis Stvenson(1850-1894) 작가의 말을 곱씹으며 나는 또 다른 생각을 해 본다.

"나로 말하면, 어딘가 가기 위해서 여행하는 것이 아니라 단지 가기 위해서 간다. 나는 여행을 위한 여행을 한다. 중요한 일은 움직이는 것이다."

움직임은 몸과 마음이 살아 있음이다. 그래서 가기 위해서 가는지도 모른다.

여행 그 자체가 삶에 대한 호기심이며 가치이고, 나의 정체성이라면 나도 단순히 가기 위해서 가고 여행하기 위해서 여행하는 것은 아닐까?

조금은 여행의 의미가 빛바래진다 해도 그것이 하나의 일상적인 일로 내 생활 속에 깊숙이 자리 잡고 있다면 그런 여행이라도 끊임없이 할 것이다.

잠시 머물다 떠나는 것이 삶이라면 더욱이 그렇다. 살아 있음을 증명하듯 나의 여행은 계속되어야 한다.

여행에 관한 내 생각을 한마디 더 덧붙인다면 죽음 말고는 내게 종착역이란 없다.

'그냥'
이라는 부사

엄만

내가 왜 좋아?

- 그냥

넌

엄마가 왜 좋아?

- 그냥

문삼석 시인의 『그냥』

'조선일보'의 좋은 시에 연재된 동시다.

그냥이라는 낱말

이 시에서는 그렇게 감동적일 수 없다.

좋아하는 데 무슨 이유가 있다면 그 순수성이 의심스럽지 않을까?

그냥 좋은 것,

계산되지 않은

그게 진정한 사랑이라고 생각한다.

그렇다면 그냥이라는 말은

그 안에 사랑이라는 말도 포함될 뿐만 아니라
그 외에도 많은 의미를 갖고 있다.

넌
엄마가 왜 좋아?
- 그냥

더 맑고 순수한 것은
아무런 대가나 조건이 없는 아기의 대답이다

'엄만 내가 왜 좋아?'
'사랑하니까.'
이렇게 표현했다면
늘 듣는 말로 감동이 훨씬 줄어들 것 같은 생각이 든다.

이성 간에
"넌 내가 왜 좋아?"
"사랑하니까."가 아닌
'그냥'이라고 말했다면 어떤 일이 벌어졌을까?
요즘 같으면 중대한 결별의 사유가 될지도 모른다.
열정이 없고 뜨뜻미지근하며 무덤덤한 사랑의 표현이니까.
그냥! 직설적이고 감동적이지는 않지만, 한국인의 고유한 성정을 그대로
표현한 사랑의 또 다른 표현이 아닐까?

그래서 그들의 사랑이 더 진실하게 느껴진다면 그것은 나만의 뜨뜻미지근한 성격 때문이리라.

그냥이란 말이 아가페적인 사랑의 표현으로 받아들여진다면 이별의 꼬투리는 되지 않을 것이다.

"너 요즘 어떠니?"

"그냥 그렇지 뭐."

이런저런 이야기를 길게 하고 싶지 않거나, 삶의 의욕도 꿈도 없이 어쩔 수 없이 살아가는 이럴 때의 '그냥'이라는 말은 다소 자조 섞인 표현이라는 생각이 든다.

하나의 낱말이 이렇게 달리 쓰일 수 있을까, 새삼 놀라게 된다.

하지만 동시에 나오는 그냥이라는 단어는 너무 순수해서 긴 여운을 남긴다.

묘비명
쓰다

✐ 아일랜드의 출신으로 극작가 겸 소설가이자 비평가인 조지 버나드 쇼(George Beard Shaw 1856~1950). 그는 비평가답게 풍자적인 글과 언행으로 그와 마주하기를 꺼려 하는 사람들도 많았다고 한다.

사람을 감동시키는 풍자와 재기발랄한 언행으로 사람들에게 쓴웃음을 짓게 하고, 답답한 가슴을 후련하게 쓸어내리는 촌철살인의 통쾌함이 있다.

그에 관한 이런 일화가 있다.

같은 시기에 이탈리아의 유명한 육체파 여배우가 그에게 이런 편지를 보냈다.

"당신의 좋은 머리와 내 아름다운 몸매에서 태어난 아이는 세상에서 가장 좋은 머리와 멋진 몸매를 가진 아이가 태어날 것입니다."

이 편지를 받은 조지 버나드 쇼는 이런 답장을 보냈다 한다.

"그렇게 모든 것을 낙관적으로만 생각할 게 못 되는 것 같다. 당신의 그 형편없는 머리와 내 이 보잘것없는 몸뚱이에서 태어난 아이를 생각해 보시오."

그 편지를 받은 여배우가 어떤 반응을 보였는지 모르겠다.

모든 것을 비관적으로 생각하는 것도 문제지만, 지나치게 낙관적으로 보는 것도 문제는 있는 것 같다. 세상의 모든 일을 이처럼 양면성을 갖고 있으며 상대적이다.

그에 관한 또 다른 이야기.

그의 묘비에는 이런 비문이 적혀 있다고 한다.

"우물쭈물하다가 내가 이렇게 될 줄 알았다."

정말 그다운 묘비명이라고 생각한다. 웃고 넘기기보다는 내 삶의 궤적을 다시 한 번 생각나게 한다. 나는 어떻게 살 것인가? 어떻게 살았는가?

삶의 고비 고비마다 결정하지 못해 우물쭈물하는 사이 나이를 먹었고, 의미 없이 늙어갔다.

먹고 잠자는 일 외에 특별히 한 일이 생각나지 않는다.

그냥 그렇게 살아온 삶이 아니었던가.

사회나 타인을 위해 기여하거나 봉사한 일도 없는 것 같다. 그러니 남을 위해 나를 희생한 일은 더더구나 있을 리 없다. 있다면 오직 나만을 위해 살아온 흔적들만 여기저기 빛 바랜 채 남아 있을 뿐이다.

이제 무언가 시작해야 한다고 마음먹지만 이거야말로 할까 말까 생각뿐이다.

실제로 행동으로 옮겨 보겠다는 의지는 시간이 갈수록 온데간데없다. 그러니 속으로만 앙앙불락하며 스스로를 자책할 뿐이다.

이야말로 우물쭈물하다가 끝나는가 보다. 그러지 않아도 얼마 남지 않은 시간인데 이렇게 허송하다니.

자문자답이다.

'지금 살아온 대로 살까?' 이런 생각을 하다가 '아니지. 무엇인가 보람 있는 일을 해야지.'

'이제부터 해도 될까?'

　　－ 되고 말고.

내가 나한테 하는 말인지 타인에게 하는 건지 구분은 안 되지만 무엇이든 해야 될 것 같다. 남을 위한 것이건 나 자신만을 위한 것이든 간에, 이렇게 물러서면 내 삶이 너무 초라하지 않은가?

'무엇인가 해서 성과가 있다면 나도 묘비명을 쓸 수 있을까?'

　　– 미친놈, 묘비명 쓰기 위해서 일하냐?

'그냥 한 번 해 본 소린데.'

　　– 묘비에 쓸 말은 있고?

'글쎄 무어라고 쓸까?'

　　– 그만두게나 친구야. 주제넘게 묘비명은 무슨 묘비명?

　　묘도 만들지 않겠다면서.

사막과 우물과 시간

'어린 왕자'는 말한다.

"사막이
아름다운 건 어디엔가
우물이
숨어 있기 때문이야."
생텍쥐페리의 말이다.

나는 이렇게 말하고 싶다.
"삶이 아름다운 건
어디엔가
죽음이 시간 속에
숨어 있기 때문이야."

사막이 우리에게
숨어 있는
우물을 꿈꾸게 하듯이

삶은 우리에게
숨어 있는
죽음을 꿈꾸게 한다.

우리는
어디엔가 숨어 있을
우물과 죽음을 찾아
어린 왕자와
사막과 시간을 걷고 있는 것은 아닌지

종려나무와
새와 사람들

✍ 어느 날 장터에서 인디안 노인이 과일을 팔고 있었다.
백인 아주머니가 값을 물었다.

노인: 한 개에 1달라, 두 개면 2달라, 많이 사도 값은 깎아주지 않습니다.

백인 아주머니: 내가 모두 다 사겠습니다.

노인: 그렇게는 팔지 않겠습니다.

백인 아주머니는 의아해서 물었다.

백인 아주머니: 그 이유를 말씀해 주시겠습니까?

노인: 내가 과일을 팔러온 것은 종려나무와 새와 사람들을 만나기 위해 시장에 나온 것이지 돈을 벌기 위해 나온 것이 아닙니다. 빨리 집으로 돌아가면 이런 것들과 만날 수가 없습니다.

나는 어느 책에서 이 글을 읽는 순간 나 자신을 뒤돌아보게 되었다.

나의 삶은 어떤 것일까?

생존을 위한 돈을 버는 것일까, 아니면 종려나무와 새와 사람들을 만나기 위해서일까?

분명하게 대답하기가 어렵다.

나는 아무래도 속물근성이 있어서인지 후자가 아닌 전자의 경우에 해당될 것 같다.

거짓말이라도 차마 후자의 경우라고는 말하고 싶지 않다.

왜냐하면, 내가 살아온 삶의 궤적을 돌아보면 부정할 수 없는 분명한 사실이기 때문이다.

이렇게 한 번 생각해 본다.

내가 종려나무와 새와 사람들을 얼마나 가까이 쉼 없이 만나며 살았을까.

지금 생각해 보면 별로 그렇게 살아온 것 같지 않다.

여유를 갖고 주변을 돌아보며 살려는 작은 노력도 해 보았지만, 결국 나는 돈을 벌기 위한 삶으로 이미 일찌감치 결론이 나 있었으니 말이다.

심지어 나는 이런 생각까지 해 본다.

인디안 노인의 어리석음을 말하고 싶다.

백인 아주머니한테 모두 다 팔고 다시 과일을 가져오면 돈도 벌고 종려나무와 새와 사람들을 다시 오랜 시간 동안 만날 수 있을 텐데 왜 그렇게 하지 않았을까?

인간다움을 잃지 않으려는 인디안 노인의 삶에 대한 진지한 성찰이 묻어난다.

인간다움이란 곧 종려나무와 새와 사람들과 교감하며 살아가는 마음이 아닐까?

돈만으로 삶을 살아갈 수 없다는 것이 인간이라는 사실을 뒤늦게 깨달은 노인의 지혜였으리라는 생각이 든다.

내 마음속에도 종려나무와 새와 사람들이 분명 있었을 것이다. 찾을 생각도, 볼 생각도 하지 않았으리라. 어쩌면 보고 있으면서도 못 본 체하며 살았는지도 모를 일이다.

내 삶의 과정을 보면 최소한의 생존을 위한 돈벌이가 아니라 삶 전체를 놓고 돈벌이에 열중한 것이나 다름없다는 생각이다.

돈은 반드시 필요하다. 우리들의 삶은 돈만을 필요로 하지 않는다는 사실을 잊고 있었던 것 같다.

이것이 나다. 후회하면서도 예나 지금이나 삶의 방식은 조금도 변하지 않았다.

시간이 가거나 나이가 들면 생각이나 행동이 조금은 변해야 하는데 그렇지가 못하다.

돈을 벌기 위해 평생 살아왔는데 그러면 내가 돈을 많이 벌었느냐 하면 그것도 아니다.

그렇다고 종려나무와 새와 사람들을 가까이에서 자유롭게 만나고 같이 호흡하며 산 것도 아니다.

그 어느 것도 온전히 갖지 못했다.

왜 그랬을까?

어쩌면 좋으랴, 그 까닭조차 설명할 자신이 없으니. 이래저래 또 허망한 말들만 늘어놓은 것 같다.

이럴 때 내가 자주 쓰는 말,

그것이 인생이다.

가리왕산의
큰 소나무

✒ 높은 산, 특히 겨울 산은 자신의 모습을 숨김없이 그대로 드러내 우리에게 색다른 느낌을 준다.

본래의 제 모습을 보여주기 때문에 겨울 산은 삭막하지만 삭막하지 않다.

겨울은 잎의 계절이 아니고 가지의 계절이다. 잎이 살아 숨 쉬는 계절이 아니라 가지가 자신의 모습을 찾는 계절이다. 나목(裸木)이란 말은 겨울의 또 다른 이름이다.

잎이 떨어진 겨울 산, 앙상한 가지만의 겨울 산, 눈이 없는 겨울 산은 처연하고 쓸쓸하다기보다는 오히려 강인한 인상을 준다.

소나무를 좋아하는 나는 꿋꿋하게 하늘을 치받듯 서 있는 큰 소나무를 처음으로 만났다. 강원도 가리왕산(1,561m)에서 수령을 가름하기 힘든, 독야청청하게 우뚝 솟아 있는 큰 소나무를 능선에서 만날 수 있었다.

소나무는 각종 해충의 피해로 분포지역이 점점 좁아지지만, 아직도 산에서 흔히 볼 수 있는 우리나라의 대표적인 수종이다.

청정한 솔잎 때문에 겨울 산에서 가장 눈에 잘 띄는 나무가 또한 소나무다. 소나무가 없는 산은 왠지 주인을 잃은 산처럼 허전해 보인다.

사람다운 사람이 있듯이 소나무다운 소나무가 있다고 본다.

가리왕산의 큰 소나무는 어디서나 흔하게 볼 수 있는 그런 나무가 아니고, 가파른 능선에 의연히 자리 잡고 굳건히 서 있는 나무다.

온갖 풍상과 역경을 이겨낸 강인한 힘을 지닌 큰 소나무다.

완만한 산지에 있는 큰 소나무보다는 높은 곳에서 하늘을 치받고 산 아래를 굽어보며 당당하게 서 있는 그런 큰 소나무다.

좀 더 정확히 표현한다면, 이리저리 휘어져 멋을 한껏 부린 것이 아니라 하늘에 맞설 듯이 수직으로 곧게 솟아 있어 힘찬 생명력을 온 몸으로 느끼게 하는 나무다.

소나무는 계절을 모르는 나무가 아니라, 계절이 없는 나무다. 잎과 가지가 항상 함께하는 나무다. 삭풍이 몰아치는 차디찬 하늘 밑에서 더욱 파랗고 선연하다. 겨울 산이 살아 있음을 증명하듯 서 있는 큰 소나무, 생명의 아름다움을 칼날같이 보여 주는 나무다.

을 듣는다. 소리를 듣는다. 바람 소리를 듣는다.

바람 소리처럼 들리지만, 그것은 나무의 소리다.

모든 나무는 바람 소리를 낼 수 있어도, 자신의 소리는 낼 수 없다.

바람 소리가 아닌 자신의 소리를 낼 수 있는 나무는 하늘을 향해, 세상을 향해 저항하듯 우뚝 솟아 있는 그 큰 소나무뿐이다.

그 나무 아래에 서서 왠지 자꾸 초라해지려는 나 자신을 발견하고 이를 부정하듯 두 발에 힘주어 꼿꼿하게 서 있다.

나는 삶의 과정에서 내 소리를 내 본 적이 없다.

왜 그럴까?

나는 뿌리가 튼튼하지 못하기 때문이다.

뿌리는 나무의 높이만큼 대지에 넓고 깊게 뿌리를 내린다고 한다.

아름드리 줄기가 하늘을 향해 치솟듯, 뿌리가 대지에 중심을 향해 깊게 뻗어 있어 어떤 상황에서도 큰 나무는 흔들림이 없이 의연히 자기 소리를 낼 수 있다. 생명력 그 자체이다.

당당하지만 오만하지 않고, 위엄은 있지만 거만하지 않고, 땅에 근원을 두고 있지만 예속되지 않고, 땅속의 역동적인 힘을 대지 위로 뿜어내 자신의 소리를 내는 거송.

과연 언제 나는 마음속에 나의 뿌리를 깊게 내리고 내 소리를 낼 수 있을까?

큰 소나무여! 너를 기억하며 오늘을 살아가련다.

아내의
두 번째 암 투병

✎ 전화기에서 아내의 나지막하게 떨리는 음성이 들린다.

"여보, 다시 재발되었대. 의사가 입원하래. 나 어떻게 하지?"

아내의 울먹이는 목소리에 의식의 세계는 맥없이 무너져 내린다.

"내가 병원으로 갈게."

"아니, 수속을 밟고 집으로 갈 거야."

전화를 끊는 소리가 아득히 절망의 그늘이 온몸에 스며든다. 정말, 어떻게 되는 건가?

아내는? 내가 할 수 있는 일은?

아! 산다는 것이 무엇이며, 살아 있다는 현실이 이다지 아픔인 것을.

초겨울의 스산스러운 분위기가 사무실에 가득히 찾아든다.

4년 전. 진달래가 바람에 날리고 벚꽃 속살이 조금씩 보이던 계절.

아내는 이 병과 운명적으로 만났고, 눈물과 작은 불평으로 그 만남을 순순히 받아드렸다.

초기에 발견되었고 완치율이 높다는 주변의 격려와 담당 의사의 확신 때문이었다.

항암치료 결과가 좋아 곧 완치될 거라는 의사의 말에 기대에 가득 차 검진을 받은 것인데, 재발은 무엇을 의미하는 것인지?

푸른 하늘이 더욱 차갑게 느껴지는 오후, 살을 에어낼 듯한 슬픔과 절망을 이겨내기에 나는 너무 약하다.

삶의 의미가 맥없이 무너져 내리는 몸과 마음, 아득히 멀어져 가는 의식의 저편에서 나는 두려움에 떨며 혼자 서성거린다.

어떻게 하지?

아내의 얼굴을 어떻게 마주하지? 처연한 그녀의 눈빛을 과연 내가 이겨낼 수 있을까?

그리고 그다음은?

책상을 정리하고 서둘러 집으로 향했다.

아! 운명의 힘이여,

순수함을 잃지 않고 살아가는 아내에게 당신은 너무 가혹하십니다.

어찌하여 당신은 분별없이 그렇게 마구 손을 내미시는 것입니까?

아내에게 주어진 슬픔과 고통은 터무니없는 당신의 심술입니다.

착함과 사악함에 관한 판단이 흐려진 당신에게 나는 절망합니다.

나도 모르게 그렁그렁한 눈물이 앞을 가려 시야가 흐려진다.

눈물이 유난히 많은 아내는 지금 어디서 홀로 눈물을 흘리고 있을까?

차창 밖으로 긴 겨울을 잉태한 초겨울의 거리가 무겁게 내려 앉아 있다.

주변의 산과 강 하늘은 아침 그대로인데 나와 아내에게 닥쳐온 변화는 너무 크고 가혹하다.

정말 아내는 그대로의 산과 강과 태양을 볼 수 있는지?

벨을 눌렀다.

나는 아내를 어떻게 볼 것이며, 아내는 나를 어떻게 맞이할 것인가.

어떤 위로의 말로 아내를 격려할까.

오늘따라 벨 소리가 그렇게 무겁고 둔탁하게 울린 적이 없다는 생각이 든다.

아내는 아직 병원에서 돌아오지 않았나 보다. 도착할 시간이 지났는데, 초겨울의 햇살이 창밖에 가득한데 아내는 지금 어디서 무엇을 하고 있을까?

시간이 흐를수록 초조함과 불안감이 가슴을 무겁게 짓누른다.

벨 소리 없이 조용히 문이 열리고 아내의 조금은 야위어 보이는 하얀 얼굴이 내 가슴을 도려내듯 다가온다.

싸늘한 목줄을 타고 코끝에 찡하게 타오르는 건 눈물이 아닌 절망감이다.

한 손엔 그녀의 보라색 가방이, 다른 손엔 슈퍼마켓 검은 비닐봉투가 들려져 있다.

그것이 나를 더욱 슬프게 한다.

"일찍 들어왔어요?"

항상심을 잃지 않으려고 애쓰는 모습이 너무 애처롭다.

아내를 꼬옥 안는다.

"당신은 착한 사람이니까 수술을 받으면 완쾌될 거야."

아내의 눈물이 차갑게 내 볼을 적신다.

할머니와
동백기름

🖋 아들 녀석이 전남 보길도를 갔다 오면서 동백기름을 한 병 사 가지고 왔다.

선착장에서 동백기름을 파시는 할머니의 모습이 너무 안쓰러워 팔아드릴 겸 샀다고 한다.

동백꽃이나 기름을 보면 나는 할머니의 얼굴이 떠오른다.

내가 할머니와 잠시 함께 살게 된 것은 초등학교 3학년, 큰아버님 댁에서 피난살이를 할 때다. 전쟁이 끝나자 서울로 가지 않고 I시로 이사를 했고, 할머니께서 중3 때 돌아가셨으니 지금부터 근 반세기가 지나갔다.

할머니에 대한 기억 중 생생하게 떠오르는 것은 동백기름에 관한 것이다.

우리 집안에 유일한 천주교도이신 할머니의 아침 일과는 은빛 십자가가 달린 묵주 알을 하나하나 굴리시며 성경을 암송하시는 것으로 시작된다.

바른 자세로 반쯤 눈은 감으시고 무엇인가 간절히 빌고 계시는 모습에서 할머니의 깊은 신앙심을 느끼게 한다.

할머니의 성경 암송은 잠자리에 들기 전에도 같은 자세로 이어진다.

기도가 끝나면 거울 앞에 단정히 앉으셔서 참빗에 헝겊을 대고 동백기름을 바른 다음 정성스럽게 빗질을 하신다. 반백의 긴 머리를 앞가슴 쪽에 늘어트려 한 손은 머리를 잡고 다른 손은 참빗으로 빗어 내리신다.

그리고 하얀 머릿속이 보이도록 반듯하게 가르마를 타신 후 긴 머리를 말아서 쪽을 찌시는데, 그 모습이 참으로 진지하시다.

그리고 은비녀를 꽂으시면 할머니의 예쁜 쪽이 완성된다.

어머니의 쪽도 예뻤지만 지금 생각하니 할머니의 쪽이 더 예뻤다는 생각이 든다.

어머니는 전쟁 후에는 시대의 흐름에 따라 긴 머리를 자르시고 현재와 같은 머리 모양으로 변하셨지만, 할머니께서는 쪽을 찌신 채 편안히 돌아가셨다.

곁에서 이 모든 과정을 살펴보는 나는 너무 신기하고 재미있었다.

이런 글을 읽은 적이 있다.

하느님이 천사에게 지상에 내려가 가장 아름다운 것 세 가지를 갖고 오라고 하셨다.

천사는 고심 끝에 드디어 세 가지를 발견했다.

첫째, 잠자는 갓난아기의 모습.

둘째, 아기에게 젖을 물리고 있는 어머니의 모습.

셋째, 여인이 화장하는 모습.

첫째, 둘째는 이의를 달 사람은 없겠지만 셋째에 대해서는 이견이 있을 것 같다.

그렇지만 젊은 여인들이 거울 앞에 앉아 화장에 몰두하는 모습을 보면 나는 천사의 선택이 아주 탁월했다는 생각이 든다.

나는 때로 머리 빗질을 하시는 할머니 곁에 앉아 화장 도구를 만지며 놀기도 했다.

그때 참빗과 동백기름을 묻힌 헝겊에서 그 향기를 맡았다. 그 냄새가 향기롭다기보다는 약간 메스껍게 느껴졌다.

할머니가 돌아가신 그 후로는 동백기름 향을 맡아 본 적이 없다.

그러나 오늘은 좀 다르다. 아들 녀석이 갖고 온 동백기름 향을 맡으면 새삼 반세기 전에 돌아가신 할머니의 체취를 다시 느끼게 된다.

그리고 할머니에 대한 그리움에 젖어본다.

오늘도 할머니는 동백기름으로 머리를 곱게 빗으시면서 그 옆에서 자신의 모습을 신기하게 지켜보던 손자를 기억하고 있으실까?

할머니!

이곳저곳에
살다

✎ 여행을 하다 보면 '아! 이곳에 살고 싶다.'라는 그런 곳이 있다.

산세가 좋아서, 강 빛이 아름다워서, 바다가 있어서, 드넓은 들이 펼쳐져서 등 이런저런 이유로 머물고 싶은 곳이 있다.

좁은 땅일 것 같지만 구석구석 찾아보면 우리나라가 큰 나라라는 생각이 들 때가 있다.

내가 좋아하는 곳은 세간에 내려오는 풍수지리설(風水地理說)과는 관계가 없다.

그러나 한 글자씩 떼어놓고 볼 때 바람과 물이 중요한 요소라면 전혀 관계가 없는 것도 아니다. 왜냐하면, 바람과 물이 우리 생활에 직접적으로 큰 영향을 미치기 때문이다.

우리나라의 많은 마을과 도시들이 배산임수의 조건을 충족시키는 곳에 자리를 틀고 있는 걸 보면 더욱 그렇다.

그러나 과거의 풍수와 오늘의 풍수학과는 다른 나만의 관점에서 보는 좋은 장소는 그곳이 어디든 마음의 창을 활짝 열고 자유를 만끽할 수 있는 곳이다.

다분히 심리적인 그런 곳이다.

정서적으로 마음이 평화롭고 따뜻해지는 곳, 그래서 마음이 자연스럽게 가는 곳을 말한다.

그곳에서 날개를 접고 풍과 수와 새로운 이웃을 만나 나만의 세계를 만들어 가며 살고 싶다.

여행, 그러면 조금은 사치스럽게 들렸던 시절, 주변에서 내게 가 볼 만한 곳을 추천해 달라면 나는 서슴없이 이렇게 말하곤 했다.

산과 계곡을 찾는다면 정선, 바닷가라면 통영을 섬이라면 제주도를 가 보라고 자신 있게 권했다. 물론 지금도 마찬가지지만.

이제 어느 한곳에 정착하지 않아도 될 만큼 시간적 여유가 있는 나로서는 이곳저곳을 떠돌며 살고 싶다. 동해안에서 남서해안, 산간 내륙지방의 풍광이 좋은 곳에서 한 1, 2년간 살다가 또 다른 곳으로 옮겨가며 짐을 풀고 싶다.

산세와 어울려 인심마저 후한 곳이라면 더 무엇을 바라겠느냐. 싫증이 나면 간단히 짐을 꾸려 다른 곳으로 옮기면 그만인 그런 살림살이의 삶의 방식.

목초지를 찾아 이곳저곳을 이동하며 사는 유목민의 삶을 살아보는 것도 흥미 있다는 생각을 할 때가 있다.

낯선 사람들과의 만남, 정든 사람들과의 이별은 좀 마음 아프겠지만, 인간은 만남과 헤어짐의 존재가 아니던가.

사랑하는 사람과 어느 땐간 헤어져야 하는 삶이라면 말없이 받아드리는 지혜도 있어야 한다. 애별리고(愛別離苦)의 고통에서 이별을 삶의 미학으로 승화시킬 수는 없을까?

이별은 또 다른 만남의 한 계기가 된다면 이별의 아픔은 미학이 될 수 있다.

새로운 이웃과의 만남을 기대하며 이별의 고통에서 벗어나자.

요산은 현자요, 요수는 지자라 했던가.

거기까지 갈 만큼 현자도, 지자도 나는 아니다.

묵묵히 솟아 있는 산, 숱한 생명과 교감할 수 있는 숲, 그곳에 자리를 펴 현자의 흉내를 내고 싶어 그 곳에 살고 싶다.

유유히 흐르는 강물과 하늘과 맞닿은 바다, 그곳 넘어 피안의 세계를 동경하면서 살고 싶다.

바다를 삶의 터전으로 살아가는 어부들의 강인한 얼굴에서 삶의 진한 감동을 보고 싶다.

썰물이 밀려간 갯벌에서 수많은 생명의 활기찬 생명력을 경외로운 눈으로 바라보는 지자의 흉내를 내며 이곳저곳에 살고 싶다.

더 범위를 넓혀 우리나라가 아닌 곳, 자연조건이 열악한 곳에 잘 적응하며 살아가는 사람들의 지혜와 풍속을 경험하고 싶다. 좀 풍수지리와 맞지 않으면 어떠하랴.

사람 살아가는 모습이 서로 다른 듯 비슷하지만 그래도 다양한 방식으로 살아가는 사람들과 어울리며 웃고 울고 싶다.

히말라야의 어느 계곡 마을, 사막의 오아시스, 순록의 북극, 펭귄의 남극, 아프리카와 아마존의 밀림에서 자연과 더불어 사는 낯선 사람들과 교감하며 이곳저곳에서 자유롭게 살고 싶다.

앨범을 펼치며

빛바랜 사진 속에 잡힌
내 삶은
그 시간이 언제이든
의미 잃은 일상의 편린들로 가득하다.

연륜의 시간을 벗겨내면
지난날에
부화되지 못한 영상들이
기억의 저 너머로 의미 없이 흩어진다.

지난 내 삶의 여정을 추슬러
오늘의
시간 속에 연결 고리를 찾지만
그 또한 의미 없는 상념의
세계일 뿐

갈피마다 갇힌 채
속절없이 시간 속에 용해되어가는
내 영혼
그 어디에도 삶의 현장은 보이지 않는다.

어떻게
살 것인가

✎ 영화 『갈매기의 꿈』은 리처드 바크(Richrd Bach 1936 ~)의 소설 『Johnathan Llibingston seagull』을 영화화한 것으로, 이 영화가 더 유명해지게 된 것은 닐 다이아몬드(Neil Diamond)의 음악 『Be』 때문이다.

영화 내내 흐르는 주제 음악으로 한층 이 작품의 격을 높여주고 보는 이의 마음에 감동을 자아내게 한다.

영화에서 소설의 주제를 어떻게 살려 냈으며, 그리고 한 마리의 갈매기가 비상하는 모습을 어떻게 영상으로 처리했을까 궁금해서 영화관을 찾았다.

갈매기 한 마리가 주인공, 배경은 바다와 하늘, 구름과 바람이 전부인 영화로 자칫하면 지루하다고 느낄 수도 있다.

아름다운 영상미와 음악만으로도 전혀 지루하지 않다는 것이 내 관람 소감이다.

닐 다이아몬드의 잔잔하면서도 때로 조용히 소용돌이치는 듯한 노래가 영화의 격을 한층 높여준다. 그리고 자연스럽게 화면에 몰입하게 하는 격조 높은 영화다.

갈매기와 음악의 절묘한 조화가 그지없이 화면을 아름답게 장식한다. 구름 속을 헤치고 하늘 높이 치솟아 오르는 갈매기의 힘찬 비상, 그 갈매기의 이름은 조나단(Johnathan)이다.

여느 갈매기와 달리 이 갈매기가 하늘을 나는 이유는 오직 먹이를 찾기 위해서가 아니라 보다 아름답고 멋지게 비상하는 것, 그리고 그 비상에는 자유를 향한 그의 의지도 깃들어 있다. 그것이 바로 하늘을 나는 이유이며 그의 이상이기도 하다.

이런 꿈 때문에 때론 다른 갈매기들로부터 곱지 않은 시선과 따돌림을 받기도 한다.

폭풍우가 휘몰아치는 바다 한가운데에서 보다 멋지게 날기 위해서 위험을 무릅쓰고 연습을 한다.

그의 꿈은 저 넓은 하늘을 멋지게 비상하며 마음껏 자유를 누리는 것.

그것이 그의 존재 이유다. 그래서 그의 비상에는 꿈이 담겨 있으며 높은 이상과 삶에 대한 경건함이 숨어 있다.

그에게는 혼이 있다. 살아 숨 쉬는 혼이 있다. 화려하고 장려한 것은 아니지만, 불꽃 같은 열정이 마음 깊은 곳에 꿈틀대고 있다.

내일을 위한 멋진 비상이, 그리고 폭풍이 지난 후의 고요함과 평화가 그의 혼으로 승화되어 나타나 있음을 본다.

나는 아름답고 멋지게 날아본 적이 있는가, 자유를 갈망한 적이 있는가?

아니면 날아보려고 시도를 해 본 적이 있는가 하는 생각을 해 본다.

답이 없는 것이 아니라 답을 할 수가 없다. 먹이를 얻기 위해, 먹이를 찾는 데 오직 거기에만 집중했다. 오늘까지도 크게 달라진 것이 없다.

아름답게 나는 것, 아름답게 사는 것 어쩌면 그것은 비현실적인 욕망이며, 사치로 여기며 살아왔던 많은 날. 금기된 내 삶의 피할 수 없는 운명인 것처럼.

나의 존재 이유는 무엇이었을까? 살아 숨 쉬고 있다는 그 자체일까.

아니면 생존을 위한 동물적 행태에 가까운 삶은 아니었을까 되돌아본다.

내게도 삶을 아름답게 살아야 한다는 꿈과 혼도 있었을 것이다. 단지 내가 그것을 깨닫지 못했거나 현실의 벽이 너무 높았기 때문이라고 강하게 항변한다.

그리고 나 스스로를 속이는 것은 아닌지 반문해 본다.

조나단의 멋진 비상을 위해 바람과 구름 폭풍우를 무릅썼지만, 나는 그런 상황이 너무 무섭고 두려웠다. 변화보다는 현실의 안주가 좋았다. 한마디로 혼도 없고 용기가 없었다.

조나단은 쉴 틈 없이 하늘을 날고 그 많은 시행착오 속에서 완성되어 가는 자기의 모습을 보고 삶의 희열과 살아 있는 혼에 대한 깊은 감동으로 가슴 벅찼을 것이다.

아직도 그는 하늘을 가장 아름답게 비상하기 위한 자기와의 싸움을 운명처럼 하고 있을 것이다.

푸른 하늘을 자유의지로 마음껏 비상하면서.

이제라도 나는 조나단 같은 사람이 될 수 있을까 아니면 여느 갈매기처럼 먹기 위해서만 하늘을 나는 사람으로 남게 될까?

그것은 오직 나의 의지와 선택의 문제다.

소리 나지
않는 종

✎ 산행을 하게 되면 대체로 절을 지나게 된다. 등산로의 기점이 되는 경우가 많기 때문이다.

하산할 때도 마찬가지다.

그래서 불교 신도가 아니라도 자연스레 절에 들려 이곳저곳을 둘러보게 된다.

나는 동종에 관심이 많다. 새벽과 저녁에 울려 퍼지는 평화로운 종소리 때문이다.

몇 번을 칠 것인가. 절에서는 물론 도성에서도 종을 치는 횟수가 정해져 있다고 한다.

종교적인 때로 철학적인 의미가 있다고 한다.

사찰에서는 불교의 우주관인 28계 33천과 관련해 아침에 33번 낮에는 12번, 저녁에는 28번을 친다고 한다. 미망에서 벗어나지 못하는 중생들을 깨우치기 위한 종교적 의미가 담겨 있다.

그와 관련해서 도성에서는 성문을 열 때 치는 종을 파루라 하여 33번치고, 성문을 닫을 때 치는 종은 인종이라 하며 28번을 친다고 한다.

나는 종교적 의미를 떠나서 산사에서 듣는 종소리가 좋다.

왜 좋으냐고 물으면 "그냥 좋다."라고 답한다. 굳이 말하라고 하면 마음이 평화롭고 정화되는 느낌을 받는다. 산사의 종소리는 언제 들어도 자연의 소리처럼 마음을 맑게 하고 사색의 문이 열리게 하기도 한다.

종소리는 귀로 듣는 것이 아니라 마음으로 들어야 한다.

성당이나 교회의 저녁 종소리도 좋지만, 긴 여운을 남기며 마음에 스며드는 산사의 종소리를 더 좋아한다.

새벽을 여는 아침 종소리 이성적으로 듣고 해 질 녘의 종소리는 감성으로 듣는다.

산사에 어둠이 내리고 저녁 안개가 산허리를 감싸며, 이때 듣는 종소리는 온갖 잡된 생각을 잊게 하고 마음을 평화롭게 한다. 잠시 모든 번뇌를 벗어나 자유롭다.

혹시 내가 다른 세계에 있는 것이 아닌가 하는 착각마저 들 때가 있다.

어떤 날은 종을 치고 싶다는 간절함이 있다. 종매를 뒤로 당겼다가 앞으로 종을 향해 힘차게 한번 쳐보고 싶다.

내가 치는 종소리는 어떤 울림일까? 그것이 듣고 싶다.

스님들이 치는 종소리와 내가 치는 종소리가 다를까? 스님이 치는 종소리를 듣고 마음이 맑아지듯이 내가 치는 종소리도 다른 사람의 마음을 평화롭게 할까?

다를 것이라고 생각을 해본다.

온갖 오욕에 물든 내가 치는 종소리와 마음을 닦은 정결한 스님의 종소리와는 분명 다를 것이다. 내가 내는 종소리는 종이 스스로 잡된 소리를 걸러 내지 않는 한 듣는 사람의 마음을 스산하게 할지도 모른다.

그래도 꼭 한번 치고 싶다. 온갖 힘을 다해 힘차게 치고 싶다. 33번이나 28번이 아닌 단 한 번만이라도 힘껏 치고 싶다.

그리고 긴 여운을 남기며 소멸해 가는 소리를 따라가고 싶다.

그곳은 과연 어떤 곳일까? 천상의 세계일까 아니면 세속의 어느 마을일까.

스님이 아닌 사람들이 종루에 들어가 함부로 종을 쳐서는 안 되는 신성한 곳이다.

혹시 내 간절한 소망에 감동한 스님이 자비를 베푼다면 모를까.

그런데 어느 날 종을 치고 싶다는 내 간절한 소망이 드디어 실현되었다.

하산하다 들른 절에는 아무런 인기척도 없고 종각 문을 열려 있어 종매로 힘차게 종을 치기 시작했다.

긴장과 기쁨이 오가는 가운데 힘껏 종을 쳤지만, 그런데 이상하게도 종소리가 나지 않는다.

다시 한 번 그리고 계속해서 종을 쳤지만, 종은 울리지가 않는다.

두려움과 공포가 엄습한다. 이마에는 식은땀이 흐르고 가슴이 답답해지며 숨쉬기조차 힘들다.

그러다가 놀라 잠에서 깼다.

종을 치고 싶다는 강한 욕망이 이렇게 꿈에까지 나타난 것일까?

주위의 물건들이 오늘따라 낯설게 느껴진다. 날이 밝기까지는 한 참 더 있어야 할 시각이다.

그런데 왜 종소리가 나지 않을까?

그 이유는 간단하다. 종을 칠만한 사람이 쳐야지 삼독에 물든 내가 종을 친대서야 종이 울리겠나? 그 소리를 들은 산속의 생명들은 어떻게 하라고.

꿈속이 아닌 깨어 있을 때 종을 쳤는데 소리가 나지 않는다면 이 얼마나 섬뜩한 일인가.

이제부터는 종을 치고 싶다는 소망을 접어야 할 것 같다.

공간에
들어서면

✍ 가끔 결재를 맡으러 오는 직원 외에는 오늘도 나는 혼자다.

텅 빈 집무실에 초가을 햇빛이 외롭게 쏟아진다.

원래 내 집무실은 혼자 사용하게끔 되어 있고, 크기는 교실만 하다.

때로 좀 크다는 생각이 들지만, 회의실 겸 사용하니 지금은 이만한 공간이 적당하다는 생각이 든다. 작으면 답답할 것 같고, 공간이 크면 낭비일 것 같다.

잡다한 공간 치장을 좋아하지 않는 내 성격도 있지만, 그렇게 되면 공간이 더 작아질 것 같아 최소한의 것만 갖다 놓고 있다.

미술관 전시실처럼 몇 점의 그림만 걸려 있으면 더 좋으련만, 또 그렇게 할 수 있는 형편은 아니다.

사실 나는 여백과 빈 공간을 좋아한다.

빈 공간에 있으면 혼자여서 좋고, 단순해서 좋다. 회화 작품이나 전시실의 여백도 좋아한다.

한국화에서 흔히 볼 수 있는 여백은 미완이 아닌 완성이다.

서양화처럼 여백이 없는 꽉 찬 그림을 보면 나의 상상력을 펼친 공간이 없다. 그 공간을 내가 채워야 하는데 말이다.

그래서 나는 한국화의 여백과 미술 전시장의 여백을 좋아한다. 왜냐하면, 단순하고 사색의 공간이 있기 때문이다.

빈 공간에 들어서면 신선하다. 자유롭고 순수하며 차갑고 두렵다. 그리고 외롭다. 외톨이라는 생각 때문인지 조금은 슬퍼질 때도 있다.

이것이 빈 공간에서 받는 나의 느낌이다.

무엇보다도 자유롭다. 공간이 크면 클수록 그에 비례해 더 큰 자유를 느낀다.

여기서 내가 말하고자 하는 공간은 어떤 것인가?

내가 말하는 의미의 공간은 물리적, 수학적 공간인 아닌 인간 활동의 존재방식과 관련된 생활공간, 즉 문화적, 정의적 가치와 결부된 의미의 공간을 말한다.

더 축소하여 말한다면 거주공간으로서의 방과 사무실 전시실 강당 콘서트 홀 등을 말한다.

잠시 이런 생각을 해 본다.

우주도 하나의 거대한 공간일까. 아인슈타인은 우주에도 벽이 있다고 했으니 분명 큰 공간임에 틀림이 없는 것 같다. 우주도 하나의 공간이라면 어떤 형태로든 우주에도 틀이 있어야 하지 않을까. 틀이 있어야 공간이 만들어 지는 것이 아닐까.

그래서 무한대의 공간이라는 말은 어폐가 있는 것 같다.

크기와 관계없이 공간에 들어서면 자유를 느낀다고 했는데, 물리적으로 모든 공간은 폐쇄적이다. 우주도 하나의 공간이라는 개념으로 보면 거대한 폐쇄적 공간이 아닐까.

작든 크든 공간이 갖는 의미는 우리에게 있어 시각적으로 비어 있다는 사실이다.

이상하게 빈 공간에 들어서면 물리적인 개념에서 철학적, 심리적 개념, 즉 정의적 개념으로 바뀌는 것 같다.

생활공간으로서의 빈방과 사무실, 빈 전시실과 콘서트홀에 들어서면 외롭다는 것보다는 자유롭다는 생각이 먼저 든다. 자유롭다는 것은 어쩌면 외로움을 동반하는 것이 아닐까. 자유를 누린다는 것은 곧 외로움을 누린다는 것이 아닐까.

무소유를 주장하고 실천한 법정스님은 자신이 평생에 버리지 못한 욕심이 하나 있었다고 고백했다. '깨끗한 빈방'에 대한 욕심이다. 스님다운 생각이시다. 깨끗한 빈방, 빈 공간에서 무한한 자유를 누릴 수 있기를 바라셨던 같다.

무한한 외로움 속에서 사색의 날개를 펼치신 것은 아닐까.

깨끗한 빈방에서 깨끗한 빈 마음으로 살아갈 수 있는 사람이 과연 이 땅에 있을 수 있을까?

하지만 진정한 자유를 누리기를 원한다면 물리적 빈 공간보다는 마음의 빈 공간을 갖는 작업이 선행되어야 한다.

그런 사람은 무한히 좁은 공간에서도 무한히 넓은 자유를 누려볼 수 있을 것 같다.

빈 공간에서,

마음속 빈 공간을 가질 수 있다면 이것이 바로 내가 찾고자 하는 진정한 자유일 것이다.

새로운
시작

✎ 우리는 무상이라는 단어가 떠오를 때 생각나는 말은 인생무상이다.

그리고 그에 대한 해석은 곧 삶의 덧없음을 의미한다.

무상, 사전적 의미는 모든 것은 덧없다. 일정하지 않고 늘 변한다. 상주하는 것은 하나도 없다.

불교의 연기법에 의하면 우주의 모든 사물은 영원불변하는 것은 아무것도 없다는 것이다. 그래서 사람들은 모든 것은 덧없고 늘 변한다는 뜻으로 많이 받아들여지고 있다.

서양철학의 염세주의나 허무주의(nihilnism)와 다르다.

따라서 무상에 대한 나의 관심은 변화이다. 그것도 시간의 변화이다.

무상을 시간의 변화로 그 의미를 좁게 해석한다면 분명 나는 이제 새로운 출발점에 서 있다.

그렇다면 나는 시간의 변화에 어떻게 적응하며 이용할 것인가?

나는 삶을 크게 3단계로 구분한다.

첫 단계는 태어나서 직업을 갖기 전까지의 배움의 기간,

둘째 단계는 직업을 갖고 퇴직할 때까지의 실천의 기간

셋째 단계는 퇴직 이후의 여생의 기간이다.

나는 바로 제3의 단계를 시작하려고 한다.

새로운 변화의 시기를 맞고 있다. 몸과 마음도 새로운 변화에 맞게 적응해야 한다.

어쩌면 나의 정체성을 구현할 수 있는 기회이며, 시간이다. 그런 의미에서 가장 보람된 시기다.

나의 정체성은 어디서 나오는가? 한마디로 설명하기는 힘들지만, 자유에 대한 갈망과 그 의지를 실천하려는 과정에서 나온다고 본다.

누구의 간섭도 없이 누리는 몸과 마음의 자유다.

시간에 쫓기고 직장과 업무라는 짐에서 벗어나 그동안 미뤄왔거나 하지 못했던 시간을 나를 위해 자유롭게 쓰고 싶다.

자유는 필연적으로 고독을 낳는다고 한다. 그래서 나의 정체성을 실현하려는 자유는 어쩌면 고독할 수도 있다. 그래도 그 고독은 외로움이 아닌 나를 찾는 작업이라고 생각한다.

퇴직 몇 년 전부터 꿈꾸어 왔고 시작했던 농장 만드는 일에 전념하는 것이다.

비록 작고 보잘것없겠지만, 제3단계가 내 삶의 전부라 생각하고 최선을 다해 일궈야겠다.

글 쓰는 작업도 생활의 일부분으로 게을리하지 않을 것이다.

그래서 일상생활에서 느낀 바를 바탕으로 시집을 몇 권쯤 더 내고 싶고 기회가 된다면 그동안 써두었던 잡문을 모아 수필집을 낼 것이다.

내 생활의 일부인 국내외 여행도 계속될 것이고, 음악에 관한 공부도 게을리하지 말아야겠다. 예술의 전당을 더 자주 찾고, 인사동 골목길을 지금보다 더 자주 다닐 것이다.

고등학교 때 영화평론가 되고자 했던 꿈을 접은 지 오래되었지만, 그래도 영화는 내게 끊임없는 중요 관심사다.

주변 사람들은 말한다. 이제는 비종교인의 자세를 벗어나 영적인 세계에 관심을 가져보는 것이 어떠냐고. 그러나 아무래도 그것은 내게 너무 힘든 변화를 요구하는 것 같다.

큰 변화다. 그리고 종교는 또 다른 구속일 것 같은 생각이 든다.

종교는 믿음의 문제가 아니라 종교적인 생활태도가 믿음에 앞선다는 것이 평소의 소박한 내 종교관 때문이다.

인생무상은 덧없음이 아니라 인생의 지속적인 변화를 말하는 것이고 그것은 새로운 것을 접하게 되는 삶의 또 다른 한 틀이자 기회의 장이기도 하다.

헤겔(Georg Wilhelm fridrich) 변증법의 사고만이 개인이나 사회의 끊임없는 발전을 가져오는 것은 아니다.

무상의 개념을 우리가 어떻게 해석하느냐에 따라 삶의 방식이 달라지고 발전한다면 그것이 바로 나의 관심사이며, 삶에 대한 해석이기도 하다.

이렇게 나의 새로운 시작은 무상에서 출발한다.

삶의 실체 그리기

바람이 맑다.
캔버스에
빈 하늘을 배경으로 지난 삶의 실체를
그려나간다.

다양한 색채를 풀어
삶의 실체를 붓끝에 되살린다.

과거와 현실의 점과 선이
교차하듯 이어진
화폭에는
실체가 없는 회색의 그림자뿐이다.

물감 때문인가
헝클어진 감정 때문인가.
어떻게 이런 그림이 나온 것인가.

회색의 그림자를 지워가며
숨겨진
삶의 실체를 찾지만 화폭 어디에도 없다.

시간과 더불어
지워지고 있는 캔버스에
새로운 삶의 실체를 다시 그린다.

거기엔
또 다른 회색의 형상들로 가득할 뿐
나는 보이지 않는다.

비 오는 날의 어느 저녁

아파트 창문에
투명한 빗물이 흐르고
거실에는 이젤이 놓인다.

아내는
하얀 화지에 수채화를 그린다.
꽃을 잘 그리는
아내에게 가끔 트집을 잡아
뾰로통해진 모습이 사랑스럽다.

낡은 소파에 앉아 책을 편다.
라디오에선 쇼스타코비치의 재즈 모음곡
왈츠가
음악 때문인가
붓을 잡은 아내의 옆모습이 아름답다.

아들 녀석은 학교와 학원과 오가며
늦은 시간에
피곤한 몸으로 돌아와
침대에 쓰러져 잠들겠지

요즘은
고3 병에 걸렸는지 툭하면 제 어미에게
내 눈치를 보며 투정을 부리곤 한다.
말없이 바라만 보는 나는
힘들어하는 그 모습이
너무 측은하고 안쓰럽기 짝이 없다.

어머니는 제발 말리는
며느리의 말을 늘 못 들은 척
본인의 양말을 꿰매고 계신다.

절약정신이 몸에 밴 분이시라
아버님에게 지청구를 맞으시면서
하시던 일인데
굵게 패인 주름살을 누가 꿰맬 것인지
1910년이 짧게만 느껴진다.

커피 생각이 난다.
아내가 내린 커피를 마시고 싶은데
아내는 눈짓으로

나보고 내리라고 한다.
포트보다는 옛 주전자 물 끓는
소리를 좋아한다는 아내.
오늘따라 그 소리가 더 따듯하다.

어머니와 나는 고운 꽃무늬 잔
아내에게는 일부러 어석더석한 잔을 준다.

입가에 번지는 미소가
고맙다는 뜻인지 밉다는 뜻인지 모르겠다.

창밖, 빗발이 굵어지고
어둠이 더욱 깊어지는데
딸애한테서 아무 소식이 없다.

들어 올 시간이 지났는데
우산을 들고 정거장에 나가볼까.
전화라도 하면 좋으련만
번개 치고 천둥소리 요란한데
지금 어디 있을까

대학 새내기라 온 세상이 아름답게만
보이는가 보다

현관 벨이 울린다.
딸애가 우산을 접은 채 말갛게 서 있다

어머니가 가르쳐
주신 노래

✍ 오늘은 농장에 가는 날이다.

봄철, 농민들은 일기예보에 민감하다. 나도 그 예에서 벗어나지 않는다.

2~3일 정도 농장에 머물러야 하는데 꽃샘추위에 비까지 온다고 하니 부득이 집에 있을 수밖에 없다. 그런데 구름만 낮게 깔릴 뿐 온다는 비는 그 낌새도 없다.

무료하고 답답해서 신문을 뒤적이다 오래전에 구입한 책을 펼치지만, 글자만 읽고 있다.

애꿎은 TV 채널만 괴롭히다 라디오를 켰다. 마침 KBS FM1의 『가정음악』이라는 프로그램이 진행 중이다. Antonin Dvorak의 『어머니가 가르쳐주신 노래』가 조수미 씨의 음성을 타고 흘러나온다.

정감 어린 곡이라기보다는 애절함이 짙게 묻어나는 곡이다.

　'늙으신 어머니 나에게 노래 가르치시던 때

　그의 눈엔 눈물이 곱게 맺혔었네.

　이제 내 아이들에게 그 노래 들려주노라니 검은 내 뺨 위로

　아 - 한없이 눈물 흘러내리네'

그 노래에 갑자기 어머니가 보고 싶다. 얼마 전 1주기 제사를 모셨을 때도 이러지는 않았는데. 갑자기 눈물이 핑그르르 돈다. 그리운 이름 "어머니." 하며 나지막이 불러본다.

어머니 방에 가서 누우려고 하면 얼른 베개를 내밀고 자리를 내주시는 어머니가 그립다.

노인들의 방이 그렇듯이 어머니 방은 삼복더위 때만 빼놓고 방바닥이 늘 따듯하고 훈훈하다. 긴 장마철에는 가끔 전기장판을 사용하시기도 한다.

이제 나도 나이 때문인지 전에 없이 유난히 추위에 약하다.

어머니 방에 들어서면 언제나 따듯하고 훈기가 돈다. 어쩌면 난방 효과라기보다는 어머니의 온기가 방안을 감싸고 있어서 그런가 보다.

방문을 열었다. 썰렁하다. 이른 봄의 냉기가 확 얼굴에 와 닿는다.

몸을 옴츠리며 방으로 들어섰다. 방바닥의 찬 냉기가 발끝을 타고 싸늘하게 가슴에 전달된다. 차가운 공기와 방바닥 때문이 아니다. 텅 빈방 안에 그 주인은 없고 나만이 외롭게 서 있기 때문이다. 언제나 편안한 자세로 TV를 보고 계실 어머니의 모습이 안 보이신다.

슬픔과 적막감이 밀려온다.

그리움 때문이리라. 아니면 고아가 된 내가 슬퍼서 그런가 보다.

이 나이에 어울리지 않은 응석을 부릴 어머니가 안 계신 것이다. 가끔은 누구에게 의지하고 기대고 싶을 때가 있다.

내 말을 있는 그대로 들어 주시고 무조건 내 편이 되어 다독거려 주시는 어머니가 그리워진다.

이렇게 날씨가 무겁게 가라앉은 날이면 더욱 어머니가 그립고, 보고 싶어진다.

난방 조절기를 올리고 방에서 나왔다. 마음이 시려 더 이상 방에 있기가 어려웠다.

한 시간 정도의 시간이 지난 뒤 어머니 방으로 갔다.

방문을 여는 순간 따뜻한 온기가 얼굴에 다가와 조금 전보다 마음이 한결 훈훈해진다.

비록 어머니는 안 계시지만 방안의 온기가 스산한 마음을 잠시나마 위로하는 듯하다.

생전의 어머님 모습을 떠올려 본다.

의식적이어서 그럴까? 어머니의 모습이 분명하게 떠오르지 않는다. 아무리 애를 써도 그 모습이 선명하지가 않다.

돌아가신 분은 마음속으로만 느껴야 하는 것인가? 그래서 더 그리워지고 보고 싶어지는가 보다. 어머니가 계실 때처럼 베개를 베고 맨 장판 바닥에 누워 다시 어머니의 모습을 떠올려 본다. 어머니의 얼굴은 여전히 흐릿해지고 전체 모습마저 가물가물하다.

어머니는 환영으로 느끼는 것이 더 아름다운 것인가.

마음속으로 '어머니.' 하고 불러본다.

꿈을 꾸듯이 하루가 저물어 가고 있다.

음악과
글쓰기 그리고 여행

✎ 친구야, 오늘은 좀 긴 글을 보낸다.

그동안 누구에게도 말하지 않았던 내 삶에 대한 단편적인 이야기다.

이 글이 나의 정체성에 대한 표현이기보다는 나의 관심사 또는 취향이라고 말하는 것이 더 적절하지 않을까 한다. 따라서 내 생활의 동반자에 관한 이야기라고 생각하며 읽어 주기 바란다.

누구나 그렇지만 가족은 나의 분신이며 삶의 전부고, 운명적인 동반자다.

그것을 떠나 내게는 관심을 갖고 살아온 또 다른 동반자가 셋이 있다.

첫째는 음악 감상과 노래 부르기다.

대학 때부터 지금까지 음악을 떠나서는 내 인생을 말하기란 어렵다.

전문적인 음악 지식이 없는 나에게 작곡이나 연주, 그것은 내 능력 밖의 일이니 음악 감상과 노래 부르기에 대한 이야기다. 음악사와 기초적인 이론 공부를 했지만, 그것은 좀 더 음악 감상을 잘하기 위한 최소한의 노력일 뿐이다.

모든 음악 장르에 걸쳐 다양하게 듣는다. 한때는 서양음악 중심으로 듣다가 요즘은 우리나라 음악도 자주 듣는다. 어쩔 수 없이 나도 한국인인가 보다.

우리나라 가곡을 비롯해 국악, 가요, 민요 등이고, 서양음악은 주로 교향곡 중심이지만, 가곡, 팝송, 재즈 민요 등도 자주 듣는 편이다.

얼마 전까지는 KBS FM1, 요즘은 케이블 TV방송(한국Arte, 독일

Classica)또는 You Tube를 통해서 주로 시청한다. LP판은 집에서, CD는 주로 운전할 때 듣는다.

잘 부르지는 못하지만 노래 부르기를 좋아한다.

장르별로 몇 곡식은 알고 있어 목청을 돋우며 아무 때나 큰 소리로 부른다. 어떤 때는 1시간 정도 제멋에 취해 부르기도 한다.

윗집과 아랫집에 내 노랫소리가 방해 되지 않느냐고 물어보면 다행히도 들리지 않는다고 한다. 그러니 마음 놓고 부른다.

노래를 부르면서 늘 아내에게 미안하면서 고마운 마음을 갖는다.

시끄럽다고 불평을 한 적이 없다. 왜 그랬을까? 그것이 어떤 이유든 아내는 내 노랫소리에 말이 없다.

음악은 내 삶이며, 생활이다.

두 번째는 책 읽기와 글쓰기다.

책 읽기는 친구를 비롯해 모든 사람이 학교 다니기 시작할 때부터 지금까지 계속되고 있는 것처럼 나도 그렇다. 중·고등 때에는 선생님이 추천, 그후에는 매스컴을 통해서 책을 구입해 읽었다.

사회과학보다는 문학이나 예술에 관련된 작품이며, 주로 우리나라 작가 중심이다.

시간이 지나면서 잘 알려진 외국작가의 책도 읽기 시작했다.

책 읽기는 나이 들어서부터 뜸해졌고, 요즘은 일 년에 1, 2권 읽기도 어렵다.

내 경우는 책을 보면 30분도 채 안 되어 심하게 눈이 아파 중도에 포기하게 된다.

그러니 책과는 점점 거리가 멀어진다.

글쓰기는 직장에 다니면서 조금씩 쓰기 시작해서 오늘에 이르렀고, 친구도 알다시피 5권의 시집을 냈다. 다음 계획은 그동안 써 놓았던 단상들을 모아 산문집을 낼 준비를 하고 있다.

언제? 한 2~3년이 걸리겠지. 아니면 더 빠를 수도 있고.

힘든 작업이지만 정신건강에도 좋을 것 같고, 글이 완성되었을 때 오는 기쁨이 남다를 데가 있으니 이 또한 이 나이게 가져보는 나만의 즐거움이 아닐 수 없다.

세 번째는 여행과 등산이다.

여행에 대해서는 친구에게 간단히 내 생각을 전한 것으로 알고 있는데 국내 여행은 대학 때부터 해외여행은 여행 자유화가 되면서부터 시작되었으니 상당이 오래되었다.

국내여행은 지금처럼 승용차가 일반화되지 않았던 때라 기차나 버스를 이용했고, 여행 겸 등산이다. 해외여행은 홀로 배낭여행을 한 적도 있지만, 주로 단체여행이다.

개별적인 배낭여행이 가장 바람직하지만, 언어 때문에 부득이 단체여행을 택해야 하는 아쉬움이 너무 크다. 영어공부를 좀 더 열심히 할 걸 후회막급이다.

등산은 방학 때나 주말은 이용했고, 퇴직 이후에는 주로 평일에 산행을 했다.

인상에 남는 여행은 25일간의 서부유럽과 인도의 배낭여행, 단체여행은 파키스탄에서 히말라야 산맥을 넘어 중국 시안에 이르는 23일간의 실크로드와 남아메리카의 8개국 여행, 트레킹으로는 대만 옥산(3,952m), 에베레스트 베이스캠프(5,550m), 킬리만자로 정상(5,895m) 등이다.

계획하고 있는 곳은 남아프리카 5개국(희망봉, table mountain, 나미브사막, 빅토리아 폭포)이다.

내가 언젠가 친구에게 이런 말을 한 적이 있다.

여행하다 쓰러지는 것이 나의 마지막 바람이라고.

굳이 하나 더 있다면 영화감상이다.

중학교 때부터 시작해 현재까지 영화관을 들락거리고 최근에는 케이블 TV나 You Tube에서 다운받아 영화를 보기도 한다.

처음 본 영화는 이규환 감독, 이민 조미령이 주연한 『춘향전』(1955년)이다.

이것도 오랜 역사를 가지고 있으니 내 삶의 중요한 한 부분이라고 생각한다.

내 정체성이라고 말할 수는 없지만, 앞에 말한 것들이 내 삶의 관심사며 동반자로 모두 현재진행형이다.

어느 뒷골목
선술집

     ✎ 요즘에는 듣기 어려운 말로써 선술집 또는 목로주점이란 말이 나오면 나는 대학 시절의 일화 한 토막이 생각난다.

대학 4학년 겨울, 1월 초순 어느 날.

당시 직장 구하기가 지금보다 더 힘들고 어렵던 시절, 곧 무작정 대학 문을 나서야 하는 불안과 불확실한 미래를 배낭에 담고 홀로 길을 떠났다.

목적지는 흔히들 우리나라 국토의 토끼 꼬리라고 하는 장기곶, 지도를 펼 때마다 늘 가 보고 싶었던 곳이다.

영일만에 돌출한 그 모양 때문에 많은 사람의 관심의 대상이었던 곳, 과연 그곳은 어떤 모습을 하고 있을까?

또한, 우리나라에서 둘째로 큰 대보 등대가 혹시 나의 갈 길을 안내해 주지 않을까 하는 실없는 생각을 하면서.

지명은 대보, 포항 송도해수욕장에 제철소가 들어서기 전, 버스를 타고 초저녁에 구룡포에 도착하고 보니 대보행 버스는 이미 끊어진 지 오래다.

겨울 바닷바람이 차갑고 춥다는 생각과는 달리 시원한 느낌이 든다. 내 앞에 푸른 바다가 끝없이 펼쳐진다. 꽉 막혔던 가슴이 탁 트인다. 잠시 모든 것을 잊고 바다와 하늘 그리고 바람에 나 자신을 맡긴다.

숙소를 정하고 주변 식당에서 식사를 했다. 잠을 청했으나 파도 소리 때문인지 잠이 오지 않는다. 늦은 시간이지만 커피나 한잔 마실까 하고 방을 나섰다.

희미한 불빛 사이로 다방 간판이 보인다. 안은 어두컴컴한데 서너 명의 사람들이 TV에 열중하다가 문을 열고 들어서는 나에게 일제히 시선이 쏠린다.

낡은 테이블 몇 개와 연탄난로, 30대 중반의 마담이 차도 나르고 계산도 하는가 보다.

날씨도 차갑고 손님이 없어서 그런지 레지(당시 다방종업원을 그렇게 불렀다.)는 보이지 않는다.

몇 명 안 되는 손님들마저 모두 돌아가자 나도 일어서려는데 마담이 내 옆에 앉으며 정감 어린 말씨로 소주 한잔 사지 않겠냐는 것이다.

이곳 사람 같지는 않고 차림새로 보아 여행객으로 보였던 모양이다. 예나 지금이나 지나칠 정도로 술에 약한 나지만 왠지 거절하기에는 그 여인의 눈빛이 너무 간절해 보였다.

외로움과 삶에 지친 듯한 여인의 눈빛에서 거절해서는 안 된다는 어떤 절박함마저 느껴졌다.

그보다는 내 특유의 연민의 정이 그날따라 내 감성을 크게 자극했나 보다.

어느 후미진 골목 선술집. 통금시간이 가까워서 그런지 안에는 아무도 없고 아주머니 혼자서 연탄불을 지키고 있다.

어디서 왔느냐, 어딜 가느냐, 무엇을 하느냐, 왜 혼자 왔느냐는 등 대충 그런 대화가 오고 갔다. 여인은 외로움과 삶의 고달픔 같은 것을 이야기한 것 같다.

그저 여자는 남편을 잘 만나야 하고, 첫 출발이 좋아야 한다는 등 삶에 대한 회한과 고달픈 현실에 관한 이야기가 전부인 것 같다.

한 여인의 삶의 여정을 처음 듣는 나는 그녀의 넋두리 아니 하소연에 할 말을 잃고 듣기만 했다. 공감을 표해야 할지 위로를 해야 할지, 이 상황에서는 내가 할 수 있는 일은 열심히 귀 기울이는 것뿐이라는 생각이 든다.

희망을 잃지 말고 열심히 살면 새로운 삶이 당신을 기다리고 있을 것이라는 말이 입에서 뱅뱅 돌뿐 입이 터지지 않는다.

어쩌면 내가 나 자신에게 하고 있는 말인지도 모른다.

나도 천천히 소주 몇 잔 정도 마신 것 같고, 그렁그렁한 눈으로 그 여인은 자작으로 한 병 반쯤 마신 것 같다.

통금 시간이 될 무렵 술집을 나섰을 때 총총한 파란 별빛이 추위를 더 느끼게 한다.

나는 숙소로 돌아와 잠을 청하는데 누가 문을 열고 들어선다. 깜짝 놀라 쳐다보니 그 여인이다. 아마 얘기 중에 무심코 내 숙소를 말해 준 것을 놓치지 않았나 보다.

하도 갑작스러운 일이라 당황해 하는 나에게는 안중에도 없다는 듯이 털썩 눕더니 곧 깊은 잠에 빠져든다.

난감하다. 좌불안석이다. 이렇게 낯선 여자와 처음으로 한방에 같이 있다는 것이 불안하고, 두렵기까지하다.

이불을 덮어주고 나는 따듯한 맨바닥에 누워 요를 덮었다.

소주 몇 잔과 장시간의 여행이 주는 피곤함에 묻혀 깊은 잠에 빠져들었다.

들창으로 들어오는 눈부신 겨울 햇빛에 눈이 떴다.

여인은 일찍 방을 나섰는가 보다.

잠시 수없이 많은 생각이 머리를 스치고 지나간다.

해가 저만치 떠올랐고, 겨울답지 않은 포근한 날씨가 겨울 여행하기에 좋은 날씨인 것 같다.

꿈을 꾼 듯 무언가 아쉬움이 남은 듯한 여운을 안고 대보행 버스에 올랐다.
1969.

끝나지 않은 방황

생의 뒤안길에서
시간에 무거워진 의문들
새삼 종교란
믿음이란 무엇인가.

아무도 가르쳐 주지 않는다.
스스로 답을 구하지 못해

나는, 잃어버린 옛 시간 속에서
산상설교에 귀 기울이고
보리수 그늘을 찾는다.

미망과 더불어
오늘, 더 많은 의문 속에
오랜 방황의 끝은 보이지 않고

빛과 말씀이
오늘이 아닌 내일의 시간인 것을

잊은 채

어디로 갈까

솔직한 고해(告解)도 없이

다시 그날 그때로 돌아간다.

왜냐하면

나는 예비 된 삶을 살지 않았으니까.

킬리만자로의
표범

      ✎ 탄자니아의 킬리만자로의 정상에 오르고 싶다는 생각은 헤밍웨이의 소설을 읽은 후부터 늘 꿈꾸어왔던 일이다.

5,895m, 아프리카에서 가장 높은 산이며 만년설을 볼 수 있는 단 한 곳이다.

이 만년설을 2030년경이면 지구온난화로 사라진다고 한다.

나는 왜 이곳을 찾는 것일까? 단순히 만년설을 보기 위함일까. 아니면 최초로 인류가 탄생한 아프리카의 땅을 밟기 위해서, 그것도 아니면 『The snow of Kilimanjaro』의 작가 어네스트 헤밍웨이의 그림자를 쫓아서일까?

그의 작품 속에는 이런 글이 나온다.

"그런데 이 서쪽 봉우리 근처에 말라 얼어붙은 표범의 시체 하나가 나둥그러져 있다.

과연 표범은 그 높은 산봉우리에서 무엇을 찾고 있었던 것일까?

그것을 설명할 수 있는 사람은 아무도 없다".

이 말은 소설 속의 주인공 해리의 말이다. 아니, 헤밍웨이다.

'말라 얼어붙은 표범의 시체 하나가 나둥그러져 있다'는 것에 대한 나의 상상력이다.

왜 서쪽 높은 봉우리 근처에 표범의 시체가 나둥그러져 있을까?

표범은 사바나의 초원을 떠나 눈 덮인 산봉우리에 왜 올랐으며, 무엇을 찾고 있었을까?

단지 먹이를 쫓아 피에 굶주린 맹수의 본능 때문에 그곳에 오른 것은 아니다.

생존을 위해서 본능에 충실해 왔던 표범은 또 다른 세계를 동경하며 살았는지도 모른다.

킬리만자로의 신비스러운 만년설을 바라보며 혹시 표범은 자신이 꿈꾸어 왔던 이상세가 그곳에 있다고 생각했을 것이다.

아니면 사바나에서 눈 덮인 킬리만자로 정상을 바라보며 저 눈부시게 빛나는 것은 무엇일까? 여기에 없는 그 무엇이 그곳에 있을까?

왜 다른 동물들은 그곳에 오르지 않는 것일까?

호기심이 가득한 표범은 드디어 어느 날 그곳에 오르기로 마음을 굳게 먹었다.

처음으로 단순히 생존을 위한 것이 아닌 이상세계를 향한 그의 꿈을 실현하기 위해서 사바나의 열대 초원을 떠나 산에 오르기 시작했다.

생의 첫 도전이며, 새로운 세계를 찾아 떠나는 목숨을 건 힘겨운 모험이다.

영혼의 불꽃이 식기 전에 해야 할 마지막 도전이며, 삶에 대한 의무인 것처럼 굶주림과 추위 그리고 고도에 따른 고통을 참아가며 정산에 올랐다.

과연 표범은 그곳에서 그는 무엇을 보고 찾았을까?

눈 덮인 봉우리에서 그가 찾을 수 있는 것을 아무것도 없었다.

만년설에 덮인 산봉우리만 있을 뿐이다. 그곳은 그가 그렇게 꿈꾸어 왔던 이상세계는 아니었다. 자신이 지금껏 동경했던 세계가 아닌 삶에 대한 회의나 현실이 있을 뿐이었다.

이상세계는 없고, 오직 그곳에는 빛과 만년설과 바람이 만들어 낸 허무만이 그를 기다리고 있었다. 원래 꿈과 현실은 그런 것이 아닌가.

다만 킬리만자로가 그에게 준 것은 햇빛에 반사되는 푸른 빛깔의 만년설이 있을 뿐 이곳 우후루후 정상에는 자신이 꿈꾼 이상세계는 찾을 수 없었다.

하지만 생애 처음으로 먹이를 찾기 위한 행동이 아닌 자신의 꿈을 찾아 나선 것이었기에 그는 스스로 만족하였으리라.

그리고 저 아래 펼쳐진 현실세계로 다시 돌아가고 싶지 않았다.

이곳이 내가 생을 마감해야 할 장소로 생각해 사바나로 되돌아가지 않고 또 다른 이상세계를 꿈꾸며 마지막 호흡을 하였으리라.

그것은 표범의 얼굴에서 이상세계를 향한 꿈이 살아 있는 듯 평화스러워 보였기 때문이다.

내 상상력은 이렇게 끝났다.

정상에 바라본 아프리카의 대지. 아프리카에 대한 막연한 동경이 현실로 저 아래 펼쳐지고 있다. 내가 킬리만자로의 정상에 서다니, 가슴 벅차게 다가오는 감동 때문인지 고 코끝이 찡해온다.

그런데 나는 왜 이곳에 올랐지?

눈부시게 반사하는 만년설의 빛 사이로 쿠바 하바나 교외의 헤밍웨이 기념관에서 본 그의 얼굴이 눈에 어른거린다.

천관산의
비천상

✎ 무더위가 한창인 8월 초.

홀로 배낭을 메고 집을 나섰다. 아침 날씨가 여름답지 않게 습기도 없고 청정해 싱그럽게 느껴진다. 며칠이 걸릴지 모르는 여행이다.

갈 곳은 정해져 있지만, 반드시 계획대로 하는 것은 아니다. 생각 따라 발길 따라 언제나 가는 곳은 유동적이다.

이번 산행은 전남 장흥군 사이에 있는 천관산(724.3 m)이다.

이곳은 전라도 5대(지리산, 월출산, 내장산, 내변산, 천관산) 명산 중에 하나로 꼽히는 산이다. 김유신 장군의 연인 천관녀가 숨어 살았다는 전설이 있는 곳이기도 하다.

산 정상에 펼쳐진 초원과 발아래 펼쳐진 한려수도의 아름다운 경관을 한눈에 볼 수 있다는 안내 책자를 보고 갑자기 결정한 것이다.

산행은 관산읍에서 멀지 않은 위 씨 사당을 지나 시작된다.

오르기에도 힘들지 않고 듬성듬성 솟아 있는 괴암괴석이 지루함을 덜어 준다.

정상에 올라서니 남쪽으로 확 트인 한려수도가 눈앞에 펼쳐져 눈이 시원하고 가슴이 탁 트인다. 푸른 바다 위에 크고 작은 섬들이 점점이 박혀있어 아름다움을 더해 준다.

두 손을 높이 쳐들고 바다와 하늘을 향해 크게 소리쳐 본다.

바람에 흩어지는 풀잎들이 내 소리를 받는다.

한여름이지만 하늘을 높고 푸르며, 점점이 흩어져 있는 녹색의 섬들이 선명하다.

여기서 내려다보는 한려수도가 내가 본 해상국립공원 중 가장 아름다우리라.

나를 더 감동케 한 것은 정상에 어림잡아 1.5km 정도의 초원이 평탄하게 펼쳐져 있기 때문이다. 보기 드문 장관이다.

풀들이 바람 부는 대로 물결치듯이 너울거리는 그 아름다운 광경에 나는 구름에 실려 무상무념의 상태에 빠져든다.

천천히 발걸음을 옮긴다. 등산화를 벗고 걷는다. 발끝에 스치는 풀잎의 촉감이 부드럽다.

정상에 펼쳐지는 초원은 자연의 만들어 놓은 무대고, 그 무대에는 누군가의 아름답고 멋진 춤사위가 벌어져야 한다는 생각이 났다.

순간적으로 상원사 동종의 비천상이 머리에 떠오른다.

김원룡 교수는 이 비천상에 대해 "수초처럼 나부끼는 천의자락은 악보의 음표와도 같이 원을 그리며 일회전 하는 것도 있고, 그 사이사이를 탄금취생(彈琴吹笙)의 예상우의곡(霓裳羽衣曲)이 스며 올라간다."라고 했다.

깊은 뜻은 모르겠지만, 사전적 의미로 탄금취생은 거문고를 (또는 가야금) 타거나 생황을 부는 소리고, 예상우의곡이란 신선들의 사는 월궁에서 새의 깃털로 만든 무지개 빛깔의 옷을 입고 춤을 춘다는 뜻으로 해석된다.

나는 완벽하게 갖춰진 자연의 무대에 어울리는 비천상의 한 여인을 그려 본다.

내가 상상하는 비천상은 신비스러운 달빛 아래에서 춤추는 한 가냘픈 여인의 춤사위가 아니다.

8월의 태양 아래 불어오는 강한 바람을 거슬리듯 춤을 추는 역동적인 여인의 모습이다.

또한, 미풍에 하느적 거리는 옷자락이 아니라 여인을 날려버릴 듯이 세차게 부는 바람을 향해 저항하듯 솟구쳐 오르는 역동적인 옷자락이다.

넓은 무대를 마음껏 휘저으며 하늘을 향해 뜨거운 열정을 숨기지 못해 폭발하듯 터져 나오는 한 여인의 격정적인 춤사위 앞에 대지는 침묵하고 하늘은 경이로워한다.

아, 여기가 천상의 무대인가 아니면 내 가슴속에 숨겨져 있던 영혼의 무대인가?

바람을 타고 하늘을 오르는 여인의 긴 옷자락이 바람결에 내 얼굴을 스친다.

환상에서 깨어난다.

바위에 걸터앉거나 초원의 길을 걸으며 자연이 들려주는 모든 소리와 소리를 듣는다.

그리고 8월의 찬란한 빛과 열기를 온몸으로 받으며 발길을 옮긴다.

어머니의
바느질 솜씨

✒ 어머니는 1910년 6월생이시니 대한 제국 때 태어나셨다.

초등학교를 나오신 것 이외에는 이렇다 할 학력은 없으신 분이다.

그 당시 여인들의 삶은 어떠했을까. 그 시대를 사는 여인들이 갖춰야 했던 여러 덕목 중에 바느질과 음식 솜씨도 포함된다.

어머니 말씀이나 책을 통해서 어렴풋이 알게 되었지만, 어머니는 그런 덕목을 그대로 배우신 분이셨다.

어머니는 음식을 잘 만드셨다. 외삼촌께서 동경 유학을 가실 정도의 비교적 부유한 집안에서 태어나신 관계로 손님 접대할 일이 많아서 그러신 것 같다.

모든 자식은 내 어머니의 음식 솜씨에 감탄하지만, 나도 그런 사람 중에 하나다.

그런데 사실 음식 솜씨가 뛰어나신 분은 어머니가 아니라 외할머니시다. 어머니께서 늘 말씀하시기를 "나는 네 외할머니 솜씨에 비하면 아직 멀었다"고.

음식에 까다로운 아버님도 외할머니의 음식 솜씨에는 늘 감탄하셨다고 하니 어머니 말씀이 사실일 것 같다.

특히 어머니는 바느질을 잘하셨다. 한복을 잘 지으셨고, 특히 여인들의 옷을 잘 만드셨다.

한복 저고리는 미적 감각과 섬세한 손길이 많이 요구되는 옷이다.

칭찬에 인색한 아버님께서도 "네 어머니 앞섶 만드는 솜씨는 누구보다도 뛰어나다"는 말씀을 하실 정도다.

저고리가 잘 만들어졌는지 아닌지는 그 섶의 모양을 가지고 평가한다는 것이 아버님의 지론이시만, 그 말씀이 맞는지 아닌지는 나로서는 잘 모르겠다.

어머니가 새삼 바느질을 시작하시게 된 동기는 외숙모님 때문이다.

6·25 때 외삼촌이 월북하신 이후 갑자기 가사가 기울어 생계를 위해 바느질품을 파시게 되면서부터다. 하루아침에 어린 6남매의 교육과 생계를 떠맡게 되신 외숙모님의 유일한 수단은 바느질품을 파시는 일이었다.

옥인동에 터를 잡으시고 주변에 몰락한 왕족, 양반과 고위 관료들의 부인을 상대로 일을 시작하셨다. 외숙모님도 어머님처럼 음식과 바느질 솜씨가 뛰어나신 분이셨다.

바느질 솜씨가 얌전하다는 소문이 나면서 일거리가 넘쳐나자 부득이 어머니에게 도움을 청하시게 되었다.

어머니의 솜씨가 알려지면서 단골손님이 생겼고, 어머니가 지으신 옷만을 고집하는 분도 있었다. 대개는 일하는 사람이 우리 집에 와서 가져가기도 했지만, 부득이할 때는 내가 외숙모님댁으로 가지고 가기도 했다.

어머니께서 손수 한 땀 한 땀 꿰매 가시며 완전 수제품으로 만드셨다. 후에 고생하시는 어머님을 위해 아버님이 재봉틀을 들여놓았지만 거의 사용하지 않으셨다.

한 2년 정도 하시다가 건강상 이유로 손을 놓으실 때까지 고집스럽게 손만을 사용해 옷을 지으셨다.

나는 바느질 하시는 어머님 옆에서 가위를 가지고 조각 천을 자르거나 인두로 장난을 하곤 했다. 그런데 섶을 만들 때만은 그 옆에 얼씬하지 못하게 하시며 온 정신을 섶 만드는 일에 집중하셨다.

머리를 곱게 빗고 쪽을 찌신 후 단정히 앉아 바느질에 몰두하시는 모습에서 경건함마저 느낄 정도였다. 단지 입는 옷을 만드는 행위가 아니라 수행하는 자세가 아니었던가 하는 생각이 든다.

그것이 자신의 마음을 갈고 닦는 일이라고, 그 당시 어머니 세대가 갖는 마음의 자세가 아니었을까.

어쩌면 그 행위는 오늘의 의상디자이너로서 예술작품을 만드는 작업이었을 것이다.

날아갈 듯 선이 고운 앞섶을 만들기 위해 진정 온갖 정성을 다하시는 그 모습은 어머니로서가 아니라 한 여인의 아름다운 모습을 보는 것 같다.

머리에 쪽을 푸심과 동시에 바느질도 그만두신 것 같다.

사용하시던 용품 중에 남아 있는 것은 재봉틀과 자, 가위 정도일 뿐 나머지는 어떻게 됐는지 모르겠다. 마음 아픈 일이다.

어머니 음식 솜씨는 누님과 여동생이 어느 정도 물려받았지만, 한복은 배우려는 생각조차 하지 않았다. 그 당시 전통 한복에 관심도 없었고, 시간과 정성이 많이 들고 비실용적이라는 이유 때문이다.

그 누구의 잘못도 아니다. 전쟁 후의 급격한 생활양식의 변화가 가져온 결과가 아닌가 생각한다.

우리들은 어머니만 잃은 게 아니라 전통문화에 대한 우리 세대 어머니들의 정신마저 잃어버린 체 오늘은 살고 있다.

바람개비와 나

내가 서 있는 곳은 무풍지대
그녀는
바람 잘 부는 언덕에 서 있다.

바람개비를 돌리기 위해
나는 끊임없이 뛰고 또 뛰고 있다.
그녀의 바람개비는
뛰지 않아도 쉬임없이 잘 돌아간다.

내 바람개비는
가쁜 내 숨소리에 돌고
멈추면 바람개비도 멈춘다.

나와 함께하는 하나의 운명처럼

그녀의 바람개비는
그녀의 의지와는 다르게
바람과의 관계 속에서 돌고 있다.

뛰다 지친 나에게
바람개비는 말한다.
당신은
나에게 생명을 주는 사람이라고

그녀의 바람개비는
그녀에게 뭐라고 말했을까.

홀로
떠나는 여행

✎ 여행을 떠날 때 누구와 함께할 것인가?

어렵고 중요한 문제다. 자주 떠나는 여행이 아니라면 더욱 그렇다.

여행 중에는 평소에 알지 못했던 그 사람의 성격과 생활태도가 그대로 나타나 예상치 못했던 놀라움과 어려움을 겪기도 한다.

여행 시기와 기간, 교통수단, 잠자리와 음식, 각자 취향에 따라 보고 싶은 것과 하고 싶은 것이 전혀 다를 때가 있기 때문이다.

물론 요즈음은 주제에 따른 테마 여행을 비롯해, 여러 형태의 여행 상품이 속속 개발되어 여행문화가 다양화 되었지만 아직도 단체 여행이 일반적이다.

단체여행은 부담 없는 대화와 만남 속에서 단편적이지만 나와는 다르게 살아온 사람들의 삶을 잠시 엿볼 수 있어 흥미롭다.

나는 단체 여행도 마다치 않지만, 홀로 떠나는 여행을 더 선호하고 자주 하는 편이다.

만약 자유를 찾아 떠나는 여행이라면 홀로 떠나는 여행을 권하고 싶다.

원래 인간은 자유롭지 못한 존재이다.

태어날 때부터 관계 속에서 태어나고 살며 생을 마감한다. 자유를 찾아 나만의 시간을 갖기 위해 잠시 관계를 정지시키고 홀로 짐을 꾸려 길을 떠난다.

자동차가 일반화 되면서 국내여행은 주로 대중교통보다는 승용차를 이용한다.

철도나 버스는 일정한 시간과 제한된 공간 안에서 자유로운 나의 여행을 구속한다.

승용차는 떠남과 멈춤이 내 마음대로다. 가고 싶으면 가고, 말고 싶으면 그만 둬도 그만이다.

시간과 장소에서 자유롭다는 것이 얼마나 신나고 유쾌한 일인가!

기차 여행은 기다림의 미학이 무엇인가를 깨닫게 해 주는 여행이라고 하지만 그래도 나는 자유로운 승용차를 이용한다.

나는 아침 일찍 해뜨기 전 길 떠나기를 좋아한다.

맑고 깨끗한 싸한 아침 공기와 생동하듯 밝고 힘찬 햇살, 안개 속에 묻힌 산과 마을과 들, 그 속을 뚫고 나가는 자유스러움이 더없이 좋다.

산에 오르고, 아름다운 계곡이 있으면 잠시 쉬어가기도 한다.

절에 가서는 부처님의 미소에 마음을 비우기도 하고, 정자에 앉아 선인들의 풍류를 상상해 보기도 한다. 어느 마을의 작은 교회에서 울리는 저녁 종소리에 여행의 피곤함을 씻어내고 마음은 평화로워진다.

먹는 문제에서 나는 완전히 자유롭다. 어떤 때는 굶기도 하고 때로 근사하게 먹기도 한다.

내가 먹고 싶은 것만 찾아 먹고, 그렇지 않은 음식은 먹지 않아도 된다. 음식을 자유스럽게 선택할 수 있다는 것 그 또한 여행의 큰 즐거움이다.

시골 장터의 풋풋한 인심과 정경들 그리고 왁자지껄한 분위기와 남의 시선을 의식하지 않고 적당히 아무데서나 편안하게 먹어서 좋다.

잠자리 선택도 내 마음대로다.

농촌의 민박집이나 여관이나 콘도를 이용해도 좋다. 비상시에는 차 안에서 잘 수도 있고, 가장 멋지고 편안한 잠자리는 텐트를 치고 자는 낭만과 그 여유이다.

산이나 계곡에 한 채의 내 집이 있다는 것이 얼마나 기분 좋은 일인가.

숲의 밤공기를 마시며 바람과 풀벌레 소리에 귀 기울이고 나뭇잎에 일렁이는 달빛을 보며 잠시 우수에 젖기도 한다.

윤동주의 시 『별을 헤는 밤』을 떠올려본다.

"별 하나의 추억과 / 별 하나의 사랑과 / 별 하나의 쓸쓸함과 / 별 하나의 동경과 / 별 하나의 시와 / 별 하나의 어머니, 어머니.

어머님, 나는 별 하나에 아름다운 말 하나씩 불러봅니다"

별을 보며 늦게 잠자리에 들거나 일찍 일어나 수선을 떨어도 그만이다.

이 모든 것이 나의 자유의지로 이뤄진다.

자유를 누리기 위한 홀로 여행에는 어떤 대가를 치러야 한다.

나 홀로 여행에 대해 주변의 사람들이 묻는 공통적인 질문은 무슨 재미로 혼자서, 쓸쓸하고 외롭지 않느냐는 것이다. 나도 그걸 느낀다.

아름다운 경치에 경이로움 보내듯, 또는 색다른 문화와 풍속에 호기심 가득 마음을 빼앗기듯, 한 번도 경험해보지 못한 새로운 세계를 만나 보듯. 외로움을 그렇게 대하면 어떨까?

홀로 떠나는 여행자에게 쓸쓸함과 외로움은 극복해야 할 대상이 아니고 자연스럽게 친해져야 할 멋진 동행자라고 생각하자.

또 한 가지 문제는 위험에 빠졌을 때 대처하기가 어렵다는 점이다.

항상 위험과 동행한다. 그러나 우리가 어디에 있던 위험은 항상 우리 주변에 상존하고 있다면 그렇게 겁먹을 일도 아니지 않은가?

자유란 그냥 얻어지는 것이 아니다.

어떻든 나는 홀로 떠나는 여행을 서슴지 않고 예나 지금이나 지속되고 있다.

홀로 자연에서 생명을 얻고 홀로 소멸되는 것이 인간의 삶이라면 홀로 떠나는 여행은 자연으로 돌아가고 싶다는 인간 속성의 한 자락인지도 모른다.

야생화와
잡초

✎ 봄이 되면 여기저기서 야생화 전시회가 열린다.

야생화라고 하면 산이나 들에서 피는 꽃, 자연의 악조건을 극복하고 피어난 꽃, 강인한 생명력을 지닌 꽃이라는 인상을 받게 된다. 때로는 교훈적이기도 하다.

그래서 많은 사람이 전시장을 찾고 꽃씨를 얻기도 하고, 분양받기도 하는 등 많은 관심과 사랑을 쏟는다. 그러면서 특별한 꽃으로 대우를 받는 듯하다.

그런데 사실 야생화와 잡초는 어떤 차이가 있을까?

사실 우리는 잡초라고 하면 보잘것없는 귀찮고 하찮은 존재쯤으로 알고 있다.

정말 그럴까?

식물학자적인 지식이 아니라 사전적인 의미로 살펴보면

상식적으로 야생화란 야생초에 꽃이 핀 것이라고 한다면

- **야생초(野生草):** (명사) 산이나 들에서 저절로 자라나는 풀.
- **잡초(雜草):** (명사) 가꾸지 않아도 저절로 나서 자라나는 여러 가지 풀. 농작물 따위의 다른 식물이 자라는 데 해가 되기도 한다.
- **야생화(野生花):** (명사) 같은 말: '들꽃' (들에 피는 꽃)으로 되어 있다.
- **들꽃:** (명사) 들에 피는 꽃이다. 순수 우리말이다.
- 야생화나 잡초 모두 저절로 자라나는 풀이다.

- **풀:** (명사) '초본 식물을 통틀어 이르는 말. 목질이 아니어 줄기가 연하고 대게 한해살이 식물이다.

다만 차이가 있다면 잡풀은 "농작물 따위의 다른 식물이 자라는데 해가 되기도 한다."라고 되어 있다. 즉 농작물에 피해를 주니까 잡초란다. 농작물에 피해를 주지 않으면 잡초가 아니고 야생화다.

그러면 농작물이란

- **농작물(農作物):** (명사) 논밭에 가꾸는 곡식이나 채소, 즉 농작물이란 사람을 위해 유용하게 가꾸어진 식물이다.

넓은 의미로 말하면 야생화(들꽃, 야생초), 잡초(잡풀), 풀, 농작물은 모두 풀이며 이는 모두 초본식물이다.

잡초라고 말할 때 이는 인간의 입장에서 생각한 것이다. 즉 인간중심적인 사고다.

인간이 가꾼다는 의미에서 농작물이요, 아름답다는 의미에서 야생화요, 농작물에 자라는 데 피해를 주니까 잡초란다.

그러나 초식동물들에게 있어 농작물, 야생화 모두 풀이고, 그들의 먹이다. 거기에는 어떤 차별도 없다. 동물마다 먹는 풀이 각각 조금 다를 수 있다.

그들은 농작물이니까, 아름다우니까 풀이 아니라고 말하지도 않으며, 잡초라는 개념조차 없다.

다만 가꾸지 않을 뿐이지 모두 초식동물에게는 모든 풀은 그들의 식량인 농작물이다.

인간만이 구분하고 인간만이 차별한다.

잡초도 꽃이 피니 모두 들꽃인 것을, 그러니 모두가 잡초이며 모두가 잡초가 아니다.

잡초란 없다. 농작물과 야생화도 꽃이 피고 잡초도 꽃이 피며 열매를 맺어 번식을 하니 모두가 농작물이요, 야생화며 풀이다.

가끔 잡초 같은 인생이란 말을 듣는다. 대개는 자기비하적인 말로 쓰인다.

그러나 잡초 같은 인생이란 없다.

살아 있는 모든 것, 식물이건 동물이건 태어남의 의미와 생존은 자연의 절대적이 가치로 존재하기 때문이다.

어느 시대극의 대사 한 구절이 생각난다.

"천한 신분은 있어도 천한 생명은 없다."

지금은 천한 신분도, 천한 생명도 없는 시대에 우리는 살고 있다.

잡초도 야생화다.

다른 삶을
만나다

✎ 여행을 떠나면 우리는 다양한 사람, 다양한 삶을 만나게 된다.

특히 단체 해외여행이면 더 그렇다.

낯선 사람과 짧게는 4, 5일, 길게는 20여 일간을 함께 여행하는 경우가 있다.

목적지가 같고 또 같은 호텔에서 숙식을 하며 함께 여행하다 보면 처음은 좀 서먹하지만, 시간이 지나면 자연스럽게 대화가 이어지고 친숙해진다.

서로 눈에 익숙해지고, 며칠이 지나면 같은 일행이라는 동료의식도 생겨 스스럼없이 대하며 서로 챙겨주기도 한다. 그래서 여행이 끝날 무렵에는 서운하고 아쉬움을 갖고 헤어진다.

때로는 다음 만남을 약속하는 분들도 있다.

여행에 관한 이야기는 물론 자신의 현재와 과거, 미래에 대해서도 자연스럽게 이야기한다.

서로 이해관계가 얽혀 있지 않으니 다툼도 없고 흠 잡힐 일도 없을뿐더러 다시 만나지 않는다는 안도감 때문에 과장되거나 믿기 어려운 말도 거침없이 한다.

그러나 그 말 속에는 진지하고 솔직함이 숨어 있기도 하다. 모든 것이 과장되고 거짓이라도 서로 간 피해를 주는 않는다면 이 또한 재밌지 않은가?

과연 이 사람은 어떻게 살고 있으며, 어떻게 살아왔을까 하는 관심도 생긴다. 다양한 사람들의 다양한 삶을 엿볼 수 있다는 건 관심을 넘어 얼마나 흥미로운 일인가.

그래서 나와 다른 타인의 삶의 과정을 듣는다는 것은 때로 감동적일 때가 있어 그만큼 여행은 더 재밌어진다.

12일간 킬리만자로 등반 시 룸메이트로 만난 분이 있다. 지금도 가끔 만나 여러 분야에 걸쳐 시간 가는 줄 모르고 대화를 한다.

살아온 과정은 나와 다르지만 비슷한 관심과 취향 때문에 지금까지 만남이 이어지고 있다.

나와 다른 삶의 과정을 밟아 온 분과의 만남은 분명 행운이었다.

우선 이야기의 전개가 진지하며, 구수하고 꾸밈이 없이 솔직하고 박학다문하신 분이다.

평탄하게 그리고 단순하게 살아온 나의 삶과는 전혀 다른 삶을 폭넓게 사신 분이다.

최상의 위치에서 가장 밑바닥까지, 즉 내 느낌은 굴곡이 심한 분이신 것 같다.

삶의 고비 고비에서 강한 의지로 역경을 극복하며, 그를 통해 쌓은 지혜와 경험을 바탕으로 개인 회사를 운영하면서 이제는 안정적인 생활을 하시는 분이다.

회사 경영을 잘해 중견 기업으로 성장시키겠다는 꿈도 갖고 계신 분이다.

에베레스트 트레킹을 비롯해 여러 지역을 단체 여행 아닌 홀로 여행을 한 분으로 도전정신이 강한 분이다.

현재는 장기간의 남아메리카여행을 계획하고 있다. 며칠간의 단체여행이 아닌 홀로 라틴아메리카의 모든 것을 보고 싶다는 것이다. 어쩌면 그 이상이 될지 모를 그런 여행을.

그래서 스페인어를 배우겠다는 분이다. 그분이 살아온 과정을 살펴보았을 때 충분히 실현 가능성이 있고, 반드시 해낼 분이라는 생각이 든다.

이처럼 새로운 사람을 만나 그 사람의 살아온 과정을 본다는 건 진정 흥미로운 일이다.

나와 다른 인생관을 가진 분을 만나 자기만의 개성과 독특한 방법으로 살아가는 모습을 보며 그들의 눈에 나는 어떤 사람으로 비쳤을까 잠시 뒤 돌아보게 된다.

다른 사람의 삶의 방식과 꿈을 얼핏 엿볼 수 있다는 것은 여행이 주는 즐거움이라고 생각한다. 물론 며칠간의 여행으로 그 사람의 한 단면만 보고 그 사람의 모든 것을 안다는 것은 불가능한 일이다.

그렇지만 짧은 시간을 통해서 다른 사람의 단면만이라도 볼 수 있다면 이 또한 단체 여행이 주는 좋은 점이 아니겠는가?

그래서 세상살이가 흥미롭고 재미있다.

다양한 사람들과의 만남을 통해서 나는 누구의 삶이 더 보람되고 가치가 있다는 속된 비교보다는 모든 사람이 자기 나름의 삶을 사랑하며 열심히 살고 있음을 본다.

그래서 내가 사는 방법만이 유일한 선이라는 독선에서 벗어나 타인의 삶도 선이라고 존중해 준다면 그 또한 선이다.

그러한 선은 다른 사람의 삶을 긍정적인 시각으로 바라볼 때 가능하다.

철새들은
떠나고

✎ 오늘은 산과 들에 봄기운 완연하다.

장미를 싸줬던 볏짚을 걷어내자 밑둥에는 이미 새싹이 돋기 시작했다.

진작 겨울옷을 벗겨줄 걸 하는 아쉬움이 남는다.

바람이 그리 싫지가 않다.

마가목을 심으려고 땅을 파다가 철새들의 울음소리에 잠시 하던 일을 멈추고 하늘을 본다.

하늘 높이 한 떼의 철새가 내 머리 위를 천천히 비행하며 가지런히 북으로 향한다.

북을 향해 마지막으로 떠나는 철새인가 보다. 언제 다시 만날 수 있을까?

겨울을 나기 위해 잠시 이곳에 머물다 북쪽 먼 고향으로 돌아가는 귀향길.

귀향길이 그리 순탄하지만은 않겠지만, 그들에게는 귀향은 더없는 기쁨일 것이다.

떠나는 아쉬움과 섭섭함이 오가는 이곳, 다시 오겠다는 다짐은 없지만 그들은 올가을에 다시 이곳을 찾을 것이다.

다시 오겠다는 약속을 하지 않아도 괜찮다.

건강한 모습으로 돌아가는 너희들의 모습만으로도 내게는 하나의 기쁨으로 간직될 것이니.

기쁨과 슬픔이 있었겠지만, 적어도 슬픔만은 이곳에 남겨두고 갔으면 한다.

사람들은 떠나는 겨울에 아무 미련을 두지 않은 것처럼 너희들의 귀향에도 아무런 관심이 없을 것이다. 요즈음 도시 사람들은 계절의 변화에 때로 무감각해질 때도 있으니 이해해 주기 바란다. 어쩌면 너희들이 왔다 갔는지조차 모르는 사람들도 많다.

왜냐면 사람들은 하늘을 올려다보지 않기 때문이다.

세상에서 가장 슬픈 여인은 버린 받은 여자가 아니라 잊혀진 여인이라고 한다.

나는 너를 버리지도 잊지도 않을 것이다.

올 때도 무관심 속에, 갈 때는 너희들의 존재조차 까맣게 잊고 있는 사람들, 열악한 환경 속에 잠시 둥지를 틀고 많은 시련과 위험을 극복하고 무사히 돌아가는 너희들의 모습이 대견해 가슴 뿌듯하다.

건강한 모습으로 떠나는 너희들의 아름다운 모습을 사람들은 모르는 것 같다.

노을을 따라 떠나는 너희들의 모습에서 황혼이 깃든 나를 보는 것 같다. 하지만 살아 있는 모든 것의 삶이란 원래 그런 것이 아니겠니?

같은 귀향이라고 하지만 우리와 너는 같은 듯 참으로 많이 다른 것 같다.

사람들의 귀향과 낙향은 같은 듯 서로 다르지만, 그 말속에는 왠지 쓸쓸함, 회한의 의미가 묻어나기도 한다.

귀향의 의미 속에는 세상의 모든 것을 접고 내가 태어난 곳으로 돌아간다는 쓸쓸함과 무상함이 배어 있는 듯하다.

무상, 시간의 변화다. 모든 것이 고정되어 있어 변화가 없다면 세상살이가 얼마나 지루하고 힘들까? 우주가 질서 속에 꾸준히 변하고 있듯이 그 속에 살고 있는 인간의 삶도 마찬가지로 질서 속에 조용히 변해가고 있다.

너희들이 떠나야 다른 새가 온다는 것은 알고 있겠지.

너희들을 잊은 것은 아니지만 한편 너희들이 떠나야 다른 새가 온다는 것에 조금은 마음에 위안이 된다.

아, 이제 정말 떠나는구나. 너마저 가고 나면 겨울은 진정 지워지는 것일까?

겨울은 지워지는 것이 아니라 봄을 위해 자리를 내주는 것일 뿐 그처럼 너희들도 다른 새들을 위해 자리를 비워 놓을 뿐이다.

어떤 이는 말한다. 봄은 오는 것이 아니라 만들어지는 것이라고.

그래서 네가 떠난 자리에 나는 봄을 만드는 작업에 온 힘을 쏟고 있는 한 마리의 붙박이 새다.

공항버스

        📖 대학 시절 나는 서울에서 가까운 I시에서 전철이 아닌 증기기관차로 통학을 했다.

육중한 기관차의 힘찬 출발을 알리는 기적과 함께 솟구치는 검은 연기를 뒤로하고 새벽을 여는 통근, 통학열차다.

꿈이 있어 기차 통학은 고되기보다는 낭만적이었다.

우연히 마음속에 새겨둔 여학생과 마주치면 무엇을 들킨 듯 가슴이 뛰고 울렁거린다.

그 여학생이 눈치를 채건 못하건 관계없이.

8시경 서울역에 도착하면 승객들이 열차에서 나와 각자 바쁜 걸음으로 플랫폼을 빠져나간다.

바로 이때 역내 안내 방송을 통해 들려오는 소리에 나는 형언할 수 없는 감정의 소용돌이에 빠져들곤 했다.

"부산행 발차, 부산행 발차." 플랫폼에 울려 퍼지는 방송.

그러면 부산행 특급열차는 감성적인 여인이 음성을 뒤로한 채 플랫폼을 미끄러지듯 서서히 빠져나간다. 맨손으로 또는 손수건을 흔드는 전송객들을 뒤로 한 채 열차는 부산을 향해 검은 연기를 뿜으며 시야에서 사라진다.

아! 나는 언제 저 열차에 몸을 싣고 남쪽으로 갈 수 있을까? 전송을 받으며, 아니 전송을 받지 못해도 좋다. 그냥 저 특급열차를 타고 창밖을 내다보며 낯선 풍광과 사람들, 좀 더 넓은 세상을 만나고 싶다. 어떤 풍경이 펼쳐질까, 부산은 어떤 곳일까?

고운 님 보내듯 아쉬움에 열차가 내 시야에서 멀어질 때까지 하염없이 바라보곤 했다.

그러나 끝내 졸업 때까지 특급열차를 탈 기회는 없었고, 업무 때문에 특급열차를 이용해 부산을 가본 적이 있다.

나는 지금 그때와 비슷한 상황에 처해 있다. 분당선 Y역과 집 사이에 공항버스 전용 정류장이 있다. 이곳을 지나칠 때면 공항버스를 기다리는 사람 사이로 보라색 버스가 들어온다.

여행용 가방을, 또는 작은 서류가방을 든 사람도 보이고, 운이 좋은 날은 멋진 제복을 입은 스튜어디스도 가끔 만나기도 한다.

그럴 때 나는 특급열차를 바라보듯 공항버스를 바라본다. 그리고 또 많은 생각에 젖는다. 그 공항버스를 이용해 자주 공항에 가기도 했는데도 그 정류장을 지나칠 때마다 왠지 내 가슴 깊은 곳에 숨어 있던 이상한 기운이 꿈틀댄다.

그리고 무작정 떠나고 싶은 충동을 느낀다. 저 버스를 타고 새로운 세계를 찾아 우리와 다른 자연환경, 나와 다른 얼굴과 언어들, 전통적인 그들의 독특한 생활풍속을 경험하고 싶다.

여기까지 생각이 미치면 불현듯 모든 것을 떨치고 당장 공항버스에 몸을 싣고 싶은 충동에 긴장감마저 돈다.

가끔 아내와 정류장을 지나칠 때 저 버스를 타고 여행을 가고 싶다고 하면 "당신의 그 역마살을 누가 말리지?" 하며 핀잔을 준다. 내게 정말 역마살이 있는 걸까? 꼭 그렇다고 할 수 없지만 여행에 대한 호기심을 넘어 집착에 가깝긴 한 것 같다.

또한, 나는 여기저기 세계 구석구석을 돌아다니며 살고 싶다. 그것도 아주 오랫동안.

이런 글을 읽은 적이 있다. 여행이 즐거운 것은 돌아갈 집이 있기 때문이라고.

맞는 말이다. 돌아갈 집이 없으면 그건 여행이 아니라 끝없는 방랑이 아닐까.

어디에서건 나를 기다려주는 집이, 가족이 없다면 이보다 더 슬픈 일은 없을 것 같다.

여행을 마치고 탑승 게이트에서 여행객들의 표정을 살펴보면 여행을 떠날 때와 같이 들뜬 분위기다.

무사히 여행을 마치고 집으로 돌아간다는 기쁨에 모두 밝은 표정들이다.

내가 이렇게 간절히 세계 곳곳을 여행하고 싶은 것도 돌아올 집과 가족이 있기 때문이리라.

특급열차에 꿈을 싣듯이 이제는 공항버스에 역마살을 싣고 떠나는 꿈을 접을만도 한데 하지만 나는 내일도, 그다음 날도 공항버스에 오르는 꿈을 꾸며 살아갈 것이다.

소년, 날개를 달다

소년은 새처럼 자유롭게 하늘을 날고 싶다.
그의 꿈이다.
하늘을 향해 빌었다.
어깨에 날개가 솟아나기를

청년이 된 그의 꿈도 크게 자랐다.
하지만 날개는 솟지 않았다.
하늘을 향해 절규하듯 외친다.
솟아라 날개여, 나의 날개여

언제부터인가 어깨가 스멀댄다.
꿈이 실현되려는가.
그러나 날개는 솟지 않았다.

날개는 그냥 솟지 않는다는 것을
비로소 알게 된 청년은
날개를 만들기 시작했다.

이제
노인이 된 소년의 꿈은 자라지 않았다.
그리고 날개 만드는 일을 중단했다.

어느 날
날개가 노인에게 말한다.
당신에게 큰 날개를 달아주겠다고

노인은 소리쳤다.
솟았다 날개가, 나의 푸른 날개가
그날 자유로이 힘차게 하늘을 날았다.

노인이 된 소년의 꿈이 이뤄졌다.
바닷가,
만들다만 날개를
남루한 옷 한 벌이 지키고 있다.

바람처럼
떠돌다

✎ 여행을 하다 보면 아! 이곳에 살았으면 하는 곳이 있다. 산이 좋아서 물빛이 아름다워서 바다가 있어서 넓은 들이 펼쳐져서 등 이런저런 이유로 머물고 싶은 곳이 있다.

작은 땅일 것 같지만, 이곳저곳을 여행하다 보면 우리나라가 작은 나라가 아니라는 생각이 든다.

내가 살고 싶은 곳은 풍수지리와 관계가 없다. 풍수는 지형과 물이 중요하다고 알고 있는데 왜 바람과 물이라고 했을까?

분명 지형이 우리 생활에 결정적인 영향을 주고 있음은 확실하다. 취락형성의 제일 조건은 지형이다. 흔히 말하는 배산임수 같은 것.

하여튼 자연환경이 좋은 곳이면 된다. 산과 들 강과 바다 어디든 풍광이 좋은 곳이면 된다.

심리적으로 마음에 평화와 안정을 주는 곳이면 더욱 좋다. 그곳에서 날개를 접고 밭을 일구며 새로운 이웃을 만나 살고 싶다.

그곳에 가고 싶다. 아름다운 풍광과 그리고 좋은 이웃들이 있는 곳.

여행, 조금은 사치스럽게 들렸던 시절, 내게 가볼 만한 곳을 추천해 달라면 나는 서슴없이 이렇게 말했다.

산과 물을 찾는다면 정선, 바닷가라면 통영을, 물론 지금도 변함이 없지만.

이제 퇴직과 더불어 한곳에 정착하지 않아도 되고, 시간적 여유가 있으니 이곳저곳을 떠돌며 살고 싶다. 동해안에서 남서해안, 산간 내륙지방의 바람과 햇빛이 좋은 곳에서 한 1, 2년간 살다가 또 다른 곳으로 옮겨가며 짐을 풀고 싶다.

산세와 어울려 인심이 후한 곳이라면 그 이상 좋은 데가 없다.

싫증이 나면 간단히 짐을 꾸려 다른 곳으로 옮기는 그런 살림살이의 삶의 방식.

낯선 사람들과의 만남, 정든 사람들과의 이별은 좀 마음 아프겠지만, 인간은 숙명적으로 만남과 헤어짐의 연속이 아닌가?

때로 진정 사랑하는 사람과도 헤어져야 하는 것이 우리의 삶이라면 말없이 받아드리는 마음의 여유도 있어야 하지 않을까.

애별리고(愛別離苦)의 짐은 벗어 날 수 없는 우리라면 이별을 삶의 미학으로 승화시킬 수는 없을까? 이별은 또 다른 만남의 한 계기가 된다면 이별의 아픔은 미학이 될 수 있다.

낯선 이웃과의 새로운 만남을 기대하며 이별의 아픔에서 벗어나자.

인자는 요산(仁者樂山)이요, 지자는 요수(知者樂水) 했던가.

그 경지에 도달한 만큼의 현자도 지자도 아니지만, 햇빛이 따듯하고 산세가 고우며, 넓은 들과 그리고 마음이 넉넉한 사람들. 그들과 함께 교감하며 넓고 맑은 마음으로 살아갈 수 있는 곳이라면 어진 자의 흉내를 내고 싶다.

거친 파도를 무릅쓰고 바다를 삶의 터전으로 살아가는 어부들의 강인한 얼굴에서 삶의 진한 감동을 보고 싶다.

폭풍우가 지난 후의 고요함과, 드넓은 갯벌에서 살아 있는 것들의 활기찬 생명력을 경외스러운 눈으로 보고 싶다. 그런 곳에서 피안의 세계를 꿈꾸며 지자의 모습으로 살고 싶다

범인들에게 현자와 지자의 분명한 경계가 모호하지만, 그것이 어떻든 자연과 더불어 사는 우리의 삶이라면 굳이 구분하고 싶지 않다.

바람 따라 구름 따라 모든 것에 감사하며 탐욕과 진애, 우치에 물들었던 몸과 마을을 정화시킬 수 있는 그런 곳에 가고 싶다.

이 또한 가장 탐욕스러운 욕망이 아닌가? 스스로 반문해 본다.

산이면 산, 들이면 들, 강이면 강 바다면 바다, 때로는 도시를 구분하지 않고 내 좋은 곳을 찾아 떠돌며 자유롭게 살고 싶다.

'살이'라는 접미사

     ✎ 어제는 글을 쓰다가 접미사 '살이'의 정확한 뜻을 알고 싶어 인터넷 사전을 찾았다.

접미사 '살이'와 파생명사 '살이'는 그 형태가 같다.

접미사 '살이'는 일부 명사 뒤에 붙어 어떤 일에 종사하거나 어디에 기거하여 사는 생활의 뜻을 더하며, 파생명사 '살이'는 동사 '살다'의 어간 '살' 뒤에 명사를 만드는 접미사 '이'가 붙어 만들어 진 것이라 한다.

접미사가 붙은 단어가 열거되어 있는데 읽어가다가 '살이'가 붙은 단어를 찾아보다가 실소를 금치 못했다기보다는 왠지 쓸쓸한 기분마저 들었다.

- 종살이   · 옥살이   · 시집살이   · 하루살이   · 귀양살이
- 한해살이 · 머슴살이 · 오막살이   · 타향살이   · 처가살이
- 첩살이   · 셋방살이 · 인생살이   · 더부살이   · 세간살이
- 세상살이 · 겨우살이

내가 생각나는 대로 '살이'가 붙은 단어를 생각해 보았다. 내 짧은 어휘 실력으로 16~17개 정도가 된다. 이 단어들 말고도 전을 철저하게 뒤지면 더 많은 단어도 찾을 수 있다는 생각이 든다.

'살이'가 접미사이든, 파생명사든 내 국어 실력으로 '살이'에 대해 문법적으로 설명하기란 대단히 어렵지만 단지 사전에 나와 있는 뜻풀이로만 생각해 보고자 한다.

그런데 내가 실소를 금치 못하는 것은 '살이'가 붙은 단어들이 모두 좋은 의미로 사용되기보다는 자조적이거나 자기비하적인 부정적인 의미로 쓰이고 있다는 생각이 든다.

살림살이, 세상살이, 인생살이, 세간살이, 한해살이, 겨우살이 등은 다른 단어보다는 그 느낌이 덜 부정적인 표현이지만 알고 보면 이 단어들도 그렇게 좋은 뜻으로 사용되는 것은 아니다.

세상살이 그다음에 이어지는 문장들은 대체로 고달프고 힘든 삶의 모습을 보여주는 의미로 사용된다.

- '세상살이'가 참 힘들다. 세상살이가 다 그런 거지. 가파른 세상살이.
- '인생살이'도 비슷한 뜻으로 사용된다.
- '살림살이(합성어)'가 짭짤하다는 말보다는 보잘것없다, 형편없다, 구접스럽다는 의미로 사용되고 있다면 그렇게 좋은 낱말은 아니다.
- '세간살이'도 같은 의미로 사용되지 않을까.
- '겨우살이'가 잘 되어 있다는 말보다는 걱정스럽다, 불안하다, 힘들겠다는 문장으로 이어지는 듯하다.
- '한해살이풀'도 순간적이다, 짧다는 뜻의 하루살이와 같은 어감이 느껴져 좋은 뜻으로 사용되지 않는다.

위의 6가지 외에 다른 단어들은 하나같이 팍팍하고 고달프고 애달프고 서럽고 버림받고 힘들다는 뜻을 가진 것들이다.

접미사가 붙어 행복하고 기쁘고 즐겁고 유쾌하고 명랑하게 표현된 단어는 없을까 하는 생각을 해본다. 그런 접미사가 있기는 있는 것일까?

접미사, 파생명사 또는 합성어이든 '살이'라는 단어는 어쨌든 별로 호감이 가지 않는다.

그 단어들의 주는 뒷맛은 씁쓸하다 못해 우울하기까지 하다.

그리고 한 걸음 더 나아가서 한해살이풀 외에는 모두 삶이라는 생활주제와 관련된 것뿐으로 이 단어들을 보면 고달픈 삶만을 연상하게 된다.

슬픈 삶에 끼어들어 더욱 삶을 슬프게 연출하는 '살이'라는 접미사와 파생명사처럼 살아가는 사람은 없을까? 나 자신을 한 번 되돌아보게 한다.

빈 옹기를
두드릴 때

✎ 나는 울림의 소리를 좋아한다. 독특한 울림이 있는 모든 것, 즉 울림의 미학이라고 할까. 그 울림소리가 좋아 나는 종종 빈 옹기를 보면 검지손가락으로 톡톡 두드려 보곤 한다.

어떤 때는 단단한 막대기로 또는 작은 조약돌로 두드리다 어머니한테 꾸중을 들던 내 어린 소년 시절의 기억이 아렴풋하다.

짧으나 맑고 투명한 소리, 탱탱 거리며 빈 공간을 돌아 나오는 울림의 소리는 쇠로 만든 종과는 다른 짧은 여운과 소박한 아름다움을 갖고 있다.

우리 종과 서양종의 울림과는 전혀 다른 깔끔한 소리가 항아리에 있다.

투박한 옹기의 모양과는 달리 맑고 깨끗한 짧은 울림의 소리는 내 마음에 잦아들어 옹기의 깊은 내면의 소리를 듣게 된다.

우리만이 지닐 수 있는 전통의 소리라면 지나친 말일까.

간결하지만 순간순간의 울림의 균형미를 잃지 않고 나오는 소리는 감동을 준다.

어떤 항아리는 둔탁한 소리를 내기도 하지만 대체로 그 소리는 고향의 산울림처럼 가슴에 닿는 순간 작은 기쁨을 느끼게 한다.

짧으나 맑고 투명한 울림의 소리는 모래알의 날 선 채로 그대로 붙어 있는 갓 구워 낸 항아리에서 더 청청하게 들을 수 있다. 탱탱 튕기는 뜻한 소리는 언뜻 들으면 쇳소리 같지만, 공명에서 우러나오는 청아하고 아름다운 소리다.

소년 시절 나보다 키가 큰 빈 항아리를 보면 깨끔발로 머리를 독 안에 넣고 작은 소리로 속삭여 보거나 큰 소리로 외쳐본다. 이것이 내 목소리인가 놀라는 순간 그 소리는 전혀 다른 울림으로 메아리가 되어 빈 항아리에 은은하게 맴돈다.

마치 산의 소리가 메아리로 변하듯 어둑한 항아리 안은 전혀 다른 음의 세계로 이끈다. 그 소리는 누구의 소리도 아닌 자연의 소리 그 자체다.

그리고 울림은 항아리 밖으로 나오며 짧은 여운을 만들어 내고 그 여운은 항아리만이 낼 수 있는 소리일 것이다.

이제는 옹기를 보기 힘든 세상이다. 모든 것이 플라스틱제품이 판을 치고 있으니 김칫독, 간장 된장독, 고추장 독, 대형 물독을 어디서 볼 수 있으랴 특히 대도시의 아파트에서는 사용하기 불편하다는 이유로 자취를 감추고 이제는 과거에 대한 아련한 추억의 대상으로 남아 있을 뿐이다.

그래도 아직은 도시 외곽지대에 가면 옛것에 대한 향수 때문일까? 옹기점이 몇 군데 남아 있다.

마치 박물관의 소장품을 진열하듯이 차려놓은 옹기점 주인의 늙수그레한 모습은 오래된 옹기와 같은 풍모를 하고 있다.

황순원의 단편『독 짓는 늙은이』의 송 영감이 잠시 스쳐 지나간다.

존재의 아름다움을 잊은 그의 삶은 오늘을 사는 우리에게 옹기의 삶과 다르지 않다는 생각을 해본다.

그마저 시간의 그늘에 묻혀 사라질 날이 가까이 오고 있다는 느낌마저 든다.

요즈음 맷돌이 정원의 징검다리 쓰이듯이 항아리도 언젠가는 다른 용도로 사용될지도 모를 일이다. 과연 어떤 용도로 변할까?

하기는 나도 어머니께서 정성 들여 반짝반짝 빛나게 닦아 놓은 항아리들을 아파트로 이사 오면서 농장으로 옮겨 장식물로 전시하고 있다.

그럴듯하게 농장의 장식물로 잘 어울린다는 생각이 든다.

멋지고 다양한 항아리로 또 다른 모습을 한 농장으로 꾸미고 싶다.

어머니가 보시면 무슨 말씀을 하실까?

이제 나는 흙이 만들어 낸 그 원시적, 살아 있는 울림의 소리를 장독대나 곳간이 아닌 농장의 나무그늘에서 듣게 되었다.

내 어린 소년 시절의 추억을 떠올리며 옹기가 우리들의 전통문화 속에 오래 살아남기를 바라는 마음은 나만의 생각일까.

값싸고 편리한 플라스틱에 밀려 우리 음식 문화에 꼭 필요한 옹기들이 주변에서 사라지고 있다는 현실이 안타까울 뿐이다.

앞으로 우리는 항아리가 내는 그 맑고 청아한 소리를 어디서 들을 수 있을까?

품고 살아야 할 우리의 귀중한 유산들, 머지않아 박물관에서 보게 될지도 모른다.

우리들이 보존해야 할 아름다운 울림, 이제는 아쉬움의 울림으로 길게 남아있다.

아버지의
눈물

✍ 어제 어느 TV 방송국에서 패널들이 주어진 주제에 맞게 자기 생각과 경험을 자유롭게 이야기하는 프로그램을 시청했다.

오늘의 주제는 '남자는 왜 눈물을 흘리지 말아야 하는가?' 흥미 있는 주제다.

역설적으로 여자는 눈물을 흘려도 된다는 말로 해석할 수도 있지만.

눈물 그러면 여자의 눈물이 먼저 떠오르는 건 무엇 때문일까?

하여튼 정신과 의사는 남자가 눈물을 흘리지 않는 것은 원시시대부터 생존을 위한 경쟁 속에서 공격성을 잃은 약자의 모습을 감추기 위한 자기 방어기제 때문이라고 한다.

내과 의사는 눈물이 나오는 메커니즘을, 전직이 형사였던 분은 범인들의 거짓 눈물과 참회의 눈물을 구별하는 방법을, 어느 분은 눈물을 흘리는 원인에 따라 눈물 맛이 다르다고 한다.

참으로 흥미 있는 이야기다.

남자가 눈물을 흘리지 않는 이유는 인류의 유전적 요소가 크다고 했지만 어떤 의미로는 교육된 것이 아닌가 하는 생각도 든다.

가끔 부모나 어른들이 우는 남자아이에게 하는 말, "남자는 울면 안 돼."

눈물이 많은 나는 어른들에게 이런 말을 자주 듣고 자랐다. 지금도 나는 눈물을 흘린다.

남에게 보이지 않으려 무척 애쓰면서.

그런데 눈물을 흘리는 남자를 보면 나도 그 남자가 심약하다는 느낌을 받는다. 이래저래 나는 몰래 눈물을 흘려야 하는가 보다.

어느 분은 아버지의 눈물에 관한 이야기 중, 자기는 아버지의 눈물을 딱 한 번 본 적이 있다고 한다. 할머니가 돌아가셨을 때인데 너무나 신기 했다는 것이다.

그 말을 듣는 순간 내 머릿속을 스쳐 지나가는 생각, 나는 아버지의 눈물을 본 적이 있나?

기억을 아무리 되살려 봐도 나는 아버지의 눈물을 한 번도 본 적이 없다.

내가 볼 수 없었다는 것은 우리 자식 중 그 누구도 본 적이 없다는 것이다.

왜냐하면, 나는 아버지와 가장 오랜 시간 동안 함께 지내왔기 때문이다.

나는 왜 아버지의 눈물을 돌아가실 때까지 단 한 번도 본 적이 없을까?

그렇게 냉정하고 감성이 메마른 분이었을까? 내가 알고 있는 아버지는 그런 분이 아니시다.

누구보다도 감성적이시고 다감하시며, 예술을 사랑하시는 분이다.

내가 문학과 예술에 관심을 갖게 된 데는 아버지의 유전적이 요소와 환경에 많은 영향을 받았다.

그런 분이 눈물을 흘리지 않으셨다고 볼 수 없다. 어쩌면 누구보다도 평생 더 많은 눈물을 흘리셨는지 모른다.

평탄하게 살 수 없었던 시대적 환경 속에서 울분과 좌절, 절망과 슬픔을 마주하며 사신 분으로 마음속으로 얼마나 많은 눈물을 흘리셨을까.

다만 자식들이 보는 앞에서 눈물을 흘리지 않으셨을 뿐이다. 아버지의 마음속 저 깊은 곳, 어디엔가 우리 형제들 모르게 흘리신 눈물이 고여 있는지도 모른다.

자식들 앞에서 자신의 약한 모습을 보이기 싫으셨던 것이 아니었을까? 더군다나 유교 교육을 받은 분으로 자식들 앞에서 눈물을 흘린다는 것은 상상도 못 하셨을 것이다.

모든 부모가 그랬듯이 아버님은 자식들 앞에서는 언제나 강하고 든든한 보호막이 되어 주셨다.

나약한 모습을 보여서는 안 된다는 모든 남자의 자존심이었으리라.

남자는 전 생애를 통해서 3번 눈물을 흘린다고 한다.

세상에 태어났을 때, 부모님의 돌아가셨을 때, 그리고 나라가 망했을 때라고 한다.

사실 나도 자식들 앞에서 눈물을 흘린 적이 별로 없는 것 같다. 어쩌면 내가 기억 못 할 뿐 생각보다는 여러 번 눈물을 흘렸는지 모른다.

요즘도 TV나 영화를 보면서 눈물을 흘린다. 참으려 해도 흐르는 눈물을 주체할 수 없다.

그럴 때는 그런 내가 너무 싫다. 영화관에서 볼 때는 정말 많이 참고 집에서 볼 때는 그냥 감정에 맡긴다. 물론 아내나 아이들이 없을 때다.

우리 세대의 남자들은 이렇게 눈물을 숨기고 흘리며 오늘에 이르렀다.

바람에게 전하는 편지

아쉬움에 숨죽이는 햇살이
그대 떠난
휑한 자리를 대신하는
초겨울 오후.

가슴에 숨겨 둔 말을 끝내 못했는데

낙엽 지듯이
서둘러 떠나는
뒷모습을 하염없이 바라보며

그대 남긴 차가운 언어를 떠올린다.
그리고 먼 거리에서 바라만 본
긴 시간의 잔해들이
끝내 용기 없음을 탓한다.

진정 그대 말을 받아들이기에
그 아픔이 너무 깊어
용서가 안 돼도
스치듯 지나가는 바람에 편지를 띄운다.

그대 마음에

가까이 다가갈 수 없어도

그대 그리는 마음은 품게 해 달라고

어버이 날

어머니께서 유명을 달리하신 후
빈 방으로 1년 몇 개월이 지난
오늘
어머니 방문을 열었다.

봄이 한창인데 싸한 한기가 얼굴을 스친다.
늘 온기로 가득한 방이 이처럼 냉랭하게 느껴지는 것은
난방을 하지 않아서가 아니라
어머니의 온기를 잃어 벼려서 그런가 보다.

어머니만 안 계신 채
시간이 멈춰선 듯
모든 물건들은 생존 시 그대로다.
유품정리를 미룬 까닭이다.

살아 움직이는 벽시계와
이 방의 주인이 안 계신 것 말고는
변한 것은 아무것도 없다.

순간 벽에 걸린

달력에 눈길이 갔다.

시간은 가고 있는데

달력은 시간을 멈춘 체 작년 3월 그대로다.

돌아가신 날을 기억 속에서 찾아낸 것은

넘겨지지 않은 달력뿐이다.

어머니의 손길이 묻은 그 어떤 유품보다

넘겨지지 않은 달력에서

어머니의 생전의 모습을 생생하게 느낀다.

그래서 사람들은

아픔은 시간 속에 묻고

사랑하는 사람들은 가슴에 품고 사는가 보다.

어머니는 아직도 생존 시의 그 날 3월에 머물러 계신다.

달력이

너희들을 사랑하고 있으며

나를 잊지 말라는 무언의 말씀을 하시는 것은 아닌지.

저 달력을 어떻게 하나
방에 들어설 때마다
시간이 흐를수록 달력의 무게가 가볍게 느껴지는
그날

어머니의 모습을 가슴에 간직하고
달력을 떼 내야 하는 가보다.
오늘은 아이들에게
빨간 카네이션을 달아달라고 해야겠다.

베토벤의 교향곡
5번 2악장

    ✎ KBS. FM1에서 청취자들이 가장 좋아하는 교향곡을 뽑은 결과 1위에서 10위까지 곡 중에서 베토벤의 교향곡 5번과 9번이 들어 있다.

조사할 때마다 순위는 변하지만, 항상 이 두 곡은 10위 안에 늘 들어간다고 한다.

물론 외국도 이와 비슷하다고 한다.

놀랍게도 정치 사회 경제적 이유가 순위 변동에 영향을 준다고 하니 놀랍다.

이 곡은 유럽보다는 아시아에서 더 사랑받는다고 하니 운명이란 말에 주는 동양적인 정서와 맥을 같이하는가 보다.

고전음악을 잘 듣지 않는 청소년들도 이 교향곡에 대해서는 잘 알고 있다.

그것은 아마 1악장의 강렬한 제1 주제 때문일 것이다. 때로 전율을 느낄 정도로 누구에게나 깊은 인상과 벅찬 감동을 준다.

사소한 일로 침울하거나 이유 없이 분위기가 착 가라앉을 때 또는 가슴이 답답할 때 이 곡을 듣고 있으면 조금은 기분이 전환되기도 한다.

나도 물론 5번 교향곡을 자주 듣고, 특히 1악장을 누구 못지않게 좋아한다.

가슴을 뛰게 한다. 때로 전율케 한다. 심장의 고동소리가 들리는 듯하다.

운명의 문을 여는 뜻한 강렬한 힘과 생명력이 때로 벅찬 감동을 준다.

어느 음악평론가는 진정 이 교향곡의 감동은 제4악장에 있다고 한다.

"1, 2, 3악장은 4악장을 향하여 힘을 축적시켜준 것이다."라고 말한다.

이론의 여지가 없는 말일지도 모른다. 음악을 잘 모르는 나도 4악장이 가장 감동적이라는 말에 공감한다.

하지만 진정 내가 좋아하는 악장은 2악장이다.

두 개의 주제를 가진 자유롭고 아름다운 변주곡 형식지만, 강한 인상을 준다.

1악장이 운명을 문을 힘차게 두드린다고 하면, 2악장은 그 문을 열고 나와 천천히 그러나 운명에 도전하듯 힘차게 발걸음을 내딛는 그런 장중함이 있다.

금관과 목관악기를 중심으로 전개되는 2악장은 한 걸음 한 걸음 앞을 향해 힘차게 전진하는 인간의 의지를 강렬하게 표현하는 듯하다.

그 장중함 속에는 닥쳐올 운명에 순응하지 않고 저항하겠다는 강한 의지가 엿보인다.

결연히 앞은 향해 나아가는 큰 울림은 좌절하고 지쳐있는 우리에게 새로운 활력을 준다.

어떤 시련이나 고난이라도 극복할 수 있다는 자신감으로 충만하다.

거칠 것이 없다. 운명이 나에게 준 시련은 내 삶의 전체가 아니라는 듯이 그렇게 당당하게 나아간다. '비켜라 운명아 내가 간다'는 듯 처절하게 운명과 싸워나간다.

소설가이며 음악에도 조예가 깊은 로망 롤랑(Romain Rollad 1866-1944)은 "2악장은 베토벤의 운명과 엎치락뒤치락 투쟁하는 장면을 그린 것 같다."라고 표현한다.

격랑의 파도와 험준한 설산과 열사의 사막을 거침없이 나아가는 탐험가의 생을 떠올리게 한다. 그래서 나는 운명에 도전하는 사람들을 존경하며, 이런 역동적인 삶을 살아보고 싶기도 하다. 그것은 역설적으로 내 삶이 그렇지 못한 것에 대한 회한이 있기 때문이리라.

나는 운명론자라고 자처하지만, 이 교향곡을 들을 때면 갑자기 반 운명론자가 되기도 한다.

힘들고 어려울 때 이 곡을 듣고 있으면 비록 그것이 잠시 일지라도 활력이 솟는 듯하고 내가 살아온 길을 돌아보며 미래를 생각해 보기도 한다.

어떤 음악평론가는 "베토벤 한 사람인 것이 다행이다. 둘이라면 세상이 미쳐버렸을 것이다."라는 글을 읽은 적이 있다. 한 번쯤 되새겨 볼 말인 것 같다.

이처럼 음악은, 교향곡 5번은 우리를 흥분시키고 벅찬 감동에 빠져들게 한다.

특히 2악장은 신중함과 자신감으로 충만해 있는 한 인간의 불굴의 의지를 한껏 고양시켜 주는 듯하다

그래서 많은 사람이 음악적 지식을 떠나 이 곡을 좋아하고 사랑하는 것이 아닐까.

겨울농장의
풍경

✍ 정원수와 유실수 사이사이에 심은 농작물들의 잔해가 여기저기 흩어진 채로 어수선하다.

농장에 남은 작물은 얼마간의 사과와 배추 그리고 무가 있다.

그것도 곧 수확을 하면 올해의 농사도 마무리된다. 가을걷이를 끝낸 농장은 문자 그대로 썰렁하기 그지없다.

늦가을과 초겨울의 접점에서 누렇게 퇴색된 잡초가 이리저리 쓰러져 있는 모습은 황량하기까지 하다. 찬바람에 각종 나무가 쏟아내는 낙엽이 어지럽게 바람에 흩날리면 초겨울 풍경에 공연히 마음마저 귀살쩍다.

게다가 날씨마저 잔뜩 흐리거나 비가 내리며 쓸쓸하다 못해 마음마저 처량하다. 때로 가을의 끝은 이렇게 허망하고 음울한가 하고 새삼 느껴지기도 한다.

그렇지만 오늘은 쪽빛 하늘이다.

낫을 놓고 맨땅에 앉아 차갑게 느껴지는 파란 하늘을 올려다본다. 무한의 공간 펼쳐진 하늘에 흰 구름이 한가롭다.

삭막해진 대지를 살아 숨 쉬는 땅으로 만들 수는 없을까.

생명을 불어넣는 것은 자연의 몫이고 나의 몫은 농작물과 나무들을 잘 키우고 다음을 준비하는 것이다.

가을걷이를 끝낸 밭에 남아 있는 농작물의 잔해와 나뭇잎은 쓸어 모아 태우거나 퇴비를 만든다.

그냥 그대로 두면 저절로 좋은 거름이 된다고 하지만, 퇴비를 만드는 것이 병충해를 예방하는 데도 좋은 방법이 될 것 같다.

각종 농작물의 잔해는 뽑아내고 검은 폐비닐은 일일이 손으로 걷어낸다.

한 길이 넘는 코스모스, 도라지와 나리꽃과 백합꽃대를 잘라내고 늦가을까지 피는 장미를 적당한 길이로 잘라내 짚으로 싸주며 겨울 준비를 한다.

작년에 심은 누운주목이 죽어서 금년에 다시 심었는데, 웬일인지 시름시름 하며 모두 신통치가 않다. 내년에는 어떤 종류의 나무를 심어야 할까 생각해 본다.

초겨울 찬바람에 쏟아져 내리듯 떨어지는 졸참나무 잎이 성가시게 느껴질 때도 있지만, 낙엽을 긁어모아 태울 때 나는 연기가 향수에 젖어 들게 한다.

이효석은 그의 수필, 「낙엽을 태우면서」에서 "갓 볶아낸 커피 냄새가 난다", "잘 익은 개암 냄새가 난다", "꿈을 잃은 허전한 뜰 한 복판에서 꿈의 껍질인 낙엽을 태우면서."라는 구절이 생각난다.

불현듯 커피 생각이 나 잠시 일손을 멈추고 땅바닥에 털썩 주저앉아 드립 커피를 준비한다. 코끝을 스치는 향기와 입안에 번지며 깊어가는 늦가을의 정취를 만끽하게 한다.

지난여름 억수같이 내린 비에 패여 나가 울퉁불퉁해진 땅을 평평하게 고른다.

국화는 꽃 한 송이가 남을 때까지 그냥 둘 생각이다. 썰렁해진 농장을 지키는 유일한 꽃이기 때문이다. 오상고절이란 말이 국화를 의미한다니 정말 적절한 표현이다.

낙엽 타는 냄새와 열기가 온몸에 스며들어 마음마저 훈훈해진다.

어수선한 가을 뒤끝을 잘 정리하고 나면 땀과 정성을 쏟은 만큼 달라져 있는 농장을 볼 때 마음이 정갈해 지고 가슴 뿌듯하다.

이런 나를 아내는 유난스런 성격 때문이라고 힐난조로 말하지만 이렇게 고된 며칠이 지나고 나면 내 작은 농장은 말끔히 정리된 상태로 한 겨울을 맞게 된다.

마음의 스산함도 걷어내고 작은 성취감과 함께 내일을 위한 준비를 생각 해 본다.

어떻게 변화시켜볼까.

마음이 부풀어 오르고 봄이 빨리 왔으면 하는 조바심에 피식 웃음이 나 온다.

계절은, 자연은 조바심인 아닌 느긋함이 그 특징인 것을 깜박 잊은 것 같다.

남쪽으로 향하는 한 무리의 철새들의 울음소리가 정겹게 농장에 내려앉 는다.

계절의 변화에 순응하며 살아가는 철새들에게 손을 흔들어본다.

이제 저들은 이곳에서 아니면 더 먼 곳에서 겨울을 나기 위한 새로운 터전 을 만들어 황량한 들판을 살아 움직이는 대지로 되살아나게 할 것이다.

겨울이 계절의 끝이 아닌 내일을 준비하는 시간으로 생각한다면 자연은 늘 그렇게 순환의 법칙 속에서 인간을 다스리고 교감하고 있는가 보다.

막장
드라마

     ✎ 요즘 어느 방송사의 드라마가 막장이라는 비판이 연일 언론을 타고 있다.

막장, 좋은 의미는 아닌데 그러건 말건 그런 드라마일수록 시청률이 아주 높다고 한다.

욕하면서 닮아간다는 말이 있듯이 욕하면서도 아주 열심히들 보는가 보다.

한때는 나도 드라마를 꽤나 보는 축에 속해 있었다. 그러나 요즘은 아니다. 너무 비현실적이고 과장되며 감동이 없다.

전에는 고부간의 갈등, 이제는 출생의 비밀까지 끼어들었다.

그것도 단순하지가 않고 아주 복잡하다. 왜 이리도 출생의 비밀이 많은 건지.

어느 드라마치고 한두 명쯤은 출생의 비밀을 안고 시작하지 않는 것이 없다.

모두가 그렇다. 그렇지 않고는 드라마는 시작조차 할 수 없다. 우리나라에 출생의 비밀을 갖고 있는 가정이 이렇게 많은지 새삼 놀라지 않을 수 없다.

작가의 아이디어 빈곤일까 아니면 시청자의 의식 수준일까?

하여튼 너희들이 안 보고 배기겠느냐는 식이다. 막장에 막말이다.

막장은 탄광 갱도의 마지막 끝으로 석탄을 캐내는 장소다.

막장하면 기억나는 일이 있다.

70년대 초라고 생각이 드는 어느 해 8월. 지금은 잊혀진 이름이지만, 우리

나라 최대의 석탄산지인 강원도 삼척군 소재 장성탄광 막장까지 들어가 본 적이 있다. 깊이는 수면 이하, 입구에서 1.5km쯤 되는 곳이다.

그 당시는 석탄 즉 19공탄이 모든 가정에서 사용하는 연료였다. 따라서 대규모의 석탄 공장이 곳곳에 들어서고 석탄을 운반하기 위한 산업철도가 새로 개설되는 등 석탄은 우리 생활을 지배하다시피 했던 시대였다.

직원의 친절한 안내로 머리에 안전모, 헤드 랜턴 장화를 신고 엘리베이터를 타고 지하로 한참 내려가다 다시 광부 운반차를 바꿔 타고 마침내 막장에 다다랐다.

갈 데가 더 없는 곳. 갱의 맨 끝이다.

착암기를 사용하거나 좁은 바위 틈새에 구멍을 뚫고 화약을 넣고 폭파한다.

그리고 돌과 석탄을 구별해 운반차에 실려 밖으로 내보낸다.

폭파 후에 일어나는 구름 같은 시커먼 먼지 때문에 앞이 안 보인다. 후 폭풍이라는 말은 이때 쓰는 것 같다.

그래서 광부들의 직업병인 진폐증에 걸려 평생을 고생하는 가보다.

좁고 긴 갱도, 희미한 전등불, 질퍽거리는 바닥, 귀청을 뚫는 착암기 소리, 언제 갱도가 붕괴될지 모르는 불안한 상태에서 작업을 한다.

안전장치는 너무나 허술하다. 그래도 이곳은 석탄 공사가 운영하는 곳이라 나은 편이라 한다.

탄광, 얼마 전까지만 해도 석탄 캐는 일은 목숨을 걸고 하는 극한 직업으로 삶에 지친 사람들이 마지막 희망을 품고 찾는 곳이었다.

탄광촌의 계곡물은 항상 시꺼멓다. 아니 온 주변이 다 새까맣다. 그래서 아이들이 그림을 그릴 때 냇물은 항상 검게 칠한다고 하니 마음 한 구석이 짠하다.

광부들을 위한 사택이 있었지만, 방 한 칸에 부엌 한 칸 그것도 소수의 사람만이 입주할 수 있었다.

사택에 입주하지 못한 광부들은 좁은 골목길을 따라 길게 들어서 있는 판자촌의 판잣집(그때 우리는 하꼬방 집이라고 불렀다.)에서 살았다.

판자촌은 광부가족들이 주로 거주하는 곳으로 막장 못지않게 열악한 곳이다.

그런데 그 말이 이렇게 쓰일 줄이야.

갈 데까지 다 가서 더 이상 갈 수 없는 곳, 막장.

막장이 사람이 사는 곳이 아닌 것처럼 막장 드라마는 우리들이 사는 곳이 아니다.

요즈음 탄광이 많이 개선되었다고 한다. 안전 위주의 광부 중심의 탄광으로 탈바꿈해서 이제 옛 모습을 거의 찾아볼 수 없다고 한다.

온 국민이 시청하는 드라마도 이제 환경을 개선하고 시청자를 위한 좋은 드라마로 거듭나야 한다. 막장에서 벗어나 시청자의 의식에 걸맞은 드라마를 만든다면 제작자의 생명과도 같은 시청률을 끌어 올리는 데 좋은 방법이 될 것이다.

막장처럼 더 이상 빠져들 데가 없는 마지막 상황까지 왔다면 무언가 달라져야 한다.

우리 시청자는 음울한 탄광의 막장을 나와 푸른 하늘과 신선한 공기, 밝은 햇빛 보기를 간절히 바란다.

이제 막장 드라마는 이쯤에서 끝을 맺어야 한다.

새 집을 짓자

시간은
회귀하지 않는 본성 때문에
누구에게나 공평하게

제3의 시간을 향해
어쩔 수 없이 용기를 내
오늘의 시간과 이별해야 한다.

누구든
시한에 쫓기며 순응하고 살아온
날들
기쁜 마음으로 다음 세대에게
이곳 집을 내주어야 한다.

잠시 시간과
동행하며 머물렀던 이 집을 떠나
뒤돌아보지 말고
다시
새로운 곳에
다른 시간과 함께할 새 집을 지어야 한다.

그곳이 어디든 내 영혼이
머물.

이
나이에

              ✎ 어제는 꽃샘추위 속에 체리, 자귀나무, 자작나무, 왕
보리수 묘목을 심었다.

    체리는 2그루 이상의 나무를 가까이 심어야 된다고 한다. 그래서 3그루를
심었는데 4년이 되었는데도 꽃은 피는데 열매는 맺지 않는다.

    전에도 한 3년을 길렀는데 열매를 맺지 않아 파 버렸고, 그 후 다시 2그
루를 심었는데 역시 4년이 됐는데도 열매를 맺지 않는다. 실망감이 이만저
만이 아니다.

    남부 지방에는 재배가 된다는데 중부지방을 기후관계가 아닐까 생각한다.

    농원주인은 중부지방에서도 된다고 했는데, 아니면 내가 잘 기르지 못한
탓일까?

    올해는 자가 수정하는 묘목으로 2그루를 심었다. 어떻게 될지 3, 4년은
기다려야 한다.

    자귀나무는 예전부터 정원에 꼭 심고 싶었던 나무인데 금년에 묘목으로
처음 심었다.

    왕 보리수는 부란병으로 죽고, 자작나무는 작년 가뭄에 관리 소홀로 잃어
버렸다.

    이렇게 묘목으로 나무를 심으려고 하면 꼭 방해꾼이 나타나 훼방을 놓는다.

    '당신, 그 나이에' 꽃을 보고 열매를 따겠다고.' 빈정거림이 분명하다.

그러면 나는 속으로 내 나이가 어때서 이렇게 항변한다. 노랫말처럼 나무 심기에 딱 좋은 나이인데 하며 허세 아닌 허세도 부려본다.

나무 묘목을 심기로서니 그렇게 비관적으로 말하지 말라고, 나는 이렇게 말하면서도 한 편으로는 그의 말이 맞는 것 같기도 하다. '지금 이 나이에.'

그런데 문제는 그 방해꾼이 놀랍게도 나라는 데 있다. 요즈음 나는 자주 이 말을 되뇌이곤 한다.

무엇을 할 때마다 마음속으로 바로 이 말이 생각나 하고자 하는 일에 방해가 되거나 제동이 걸릴 때가 많다. 묘목을 심거나, 무엇인가를 배우고자 할 때 그렇다.

예를 들면 악기처럼 오랜 시간이 소요되는 것들일 때다. 이뿐만 아니라 일상에서 벌어지는 사소한 일에 대해서도 그런 생각이 앞선다.

꼭 해야 할 말이나 행동도 참거나 '이 나이에' 그것이 무슨 의미가 있을까 하는 생각이 앞선다.

그런다고 달라지거나 변하는 것도 없는데 공연히 타인을 힘들게 하거나 곤경에 빠트리지 말자.

아니면 잘 설득해야 하는데 그 과정에서 '이 나이에' 하는 말이 먼저 생각나 그만두게 된다.

삶의 과정에서 학습된 경험치, 아니면 살만큼 살았다는 데서 오는 삶의 관조라고 할까?

분명 그것은 아니다. 시간과 늙음과 사물의 상관관계이지 관조의 세계와는 거리가 멀다.

정신적으로 '이걸 해서 뭐 하지?' 하는 회의에서 오는 자조감 같은 것이다.

신체적으로 나약해지고 피곤한 데서 오는 자포자기의 심정이랄까.

그걸 왜 해야 하지, 골치 아프게 그러지 말자, 나와는 상관없는 귀찮은 일, 그 일로 내가 왜 욕을 먹어 등에는 반드시 '이 나이에'라는 말이 접두사처럼 따라붙는다.

'이 나이에' 힘들게 혼자서 무슨 운동을, 등산을, 여행을, 영화 관람을 행동으로 옮기기 전에 내 의식의 세계는 이 말에 점령당하고 만다.

나이가 들어가면서 서서히 쇠락해 가는 정신과 신체의 퇴화현상의 하나인가 보다.

어떤 현대적인 의학적 처방으로도 해결할 수 없는 자연현상 앞에 절망하기보다는 편안하게 받아드리는 지혜가 필요할 때다.

겸허히 자연현상을 수용함은 물론 땅을 파고 묘목을 심는 일을 중단하거나 포기하지 않을 것이다.

왜냐하면, 나는 성목에서 열매만을 기대해서 과수나 정원수를 심는 것이 아니다.

유아기에서부터 성인이 되기까지의 과정이 감동적이듯 어린나무가 성목이 되기 위한 성장과정도 그 못지않게 감동적이다.

무럭무럭 쑥쑥 자라는 나무를 보면 대견하고 마음 뿌듯할 때가 있다.

관심을 갖고 보살펴 튼실하게 성장해 가는 나무를 보면 나 스스로 자랑스럽고 성취감마저 든다.

그리고 묘목에는 우리가 알 수 없는 아름다운 꿈이 숨겨져 있을 것이다.

나는 그 꿈이 알고 싶어 묘목을 심고 가꾼다.

꿈에 대한 소고

✒ 나는 꿈을 많이 꾼다. 하루도 빠짐없이 매일 밤 꿈속에서 살고 있는 듯 잡다한 꿈을 꾸어댄다. 꿈에 시달리다 보니 숙면은 물론 잠에서 깨어나도 몸이 찌뿌둥하고 개운치 않다.

대체로 꿈은 흑백인데, 내가 꾸는 꿈은 가끔 천연색으로 꾸기도 한다. 이상하게도 뱀 꿈을 종종 꿀 때가 있는데 이때 뱀은 대체로 엷은 초록색을 띠고 있다.

뱀 꿈은 태몽이라고 하는데 절로 웃음이 난다. 내가 지금 무슨 잠꼬대 같은 소리를 하고 있는지 모르겠다.

정신과 의사나 심리학자도 아닌 내가 감히 꿈에 대해서 논할 처지가 아니니 사전에 의지할 수밖에 없다.

꿈이란, ① 잠자는 동안에 깨어 있을 때와 마찬가지로 여러 가지 사물을
　　　　보고 듣는정신 현상.
　　　② 실현하고 싶은 희망이나 이상.
　　　③ 실현될 가능성 이 아주 작거나 전혀 없는 헛된 기대나 생각.

같은 꿈인데 하나는 희망이나 이상을 다른 하나는 헛된 기대나 생각으로 이렇게 상반된 의미로 쓰이고 있다니 재미있다.

여기서 내가 말하고자 하는 꿈은 ②번의 실현하고 싶은 희망이나 이상이다. 아니 ③번의 헛된 기대나 생각이 될지도 모른다.

그렇지만 ②번으로 고집하고 싶은 마음이 요즘 내 일상이고 생활이다.

이상이라면 왠지 넓고 높으며 고귀한 것처럼 생각되어 부담이니 그냥 간단히 희망이라고 하자.

③번째 꿈 "실현될 가능성이 아주 작거나 전혀 없는 헛된 기대나 생각"이라 하더라도 그런 꿈을 꾸는 것이 꾸지 않는 것보다는 낫다는 생각이 들기도 한다.

그것이 비록 남가일몽이 될지라도 우리 모두에게 그런 꿈은 잠시나마 살맛 나게 하기도 한다.

그 뒤에 허무함이 남는다 하더라도 뭐 그리 마음 아파하거나 좌절할 필요는 없는 것 같다.

삶이란 원대 그렇게 생겨 먹은 것을.

내 꿈, 희망을 말해보자.

살아 있을 날이 많지 않아서 그런지 요즘 잡다하게 하고 싶은 일이 많아졌다. 실현 가능성에 대해서는 의문이 없는 것은 아니지만 고심 끝에 나온 것이니 전혀 헛된 기대나 생각은 아니다.

첫째는, 세 번째 시집과 산문집을 출간하는 것이다.

시집은 금년 말이나 내년 초에 출간하고 수필집은 2018년쯤 낼 예정이다.

물론 자비로 내는 것이다. 출판사가 자기 비용으로 내주겠다면 이거야말로 ③번째 같은 일이니 절대로 일어나지 않는 헛된 생각이다.

둘째는 멋진 정원을 만드는 것이고, 그곳에 멋진 정자를 짓는 것이다.

농작물 중심의 밭에서 잔디밭을 만들고 정원수를 심어 아름다운 정원으로 바꾸는 것이다.

정자는 멋지지 않아도 괜찮다. 일하다가 잠시 휴식을 취하거나 혹시 누가 찾아오면 편안히 앉아서 차를 마시며 대화를 나눌 수 있는 그런 정자면 된다.

시간이 많이 소요되는 것은 물론 비용도 만만치 않게 들 것 같다. 아주 힘든 작업이 될지도 모른다. 체력이 감당할 수 있는데까지 온 힘을 기울이고 싶다.

셋째는 거대한 사막을 여행하는 것이다.

히말라야산맥과 쿤룬산맥 사이에 위치한 약 37만㎢의 타클라마칸(살아서 돌아올 수 없는 넓은 땅이란 뜻)사막으로 인간의 거주가 불가능한 지역이다.

이곳이 아니면 남부 아프리카 나미비아 있는 나미브사막(마이클 브라이드, 『죽기 전에 꼭 봐야 할 절경 1001』)을 여행하고 싶다.

전자는 아직 여행 상품이 없고, 후자는 최근에 혜초여행사를 비롯해 몇 개의 여행사가 이 상품을 내놓고 있다.

다행히도 이 상품에는 남아프리카공화국의 테이블마운틴(Table Mountain)과 희망봉 그리고 세계 삼대 폭포의 하나인 빅토리아폭포도 포함되어 있어 반드시 가야할 곳이다.

이처럼 때로는 내가 ②번을 꿈꾸고 있는 것인지 아니면 ③번인지 시간이 지날수록 헷갈린다.

시집과 산문집은 자비로 내고 정원으로의 전환은 장기계획으로 돌리면 된다.

그리고 나미브 사막여행은 단체 여행으로 바꾸면 해결될 테니 이는 모두 실현할 수 있는 희망이나 이상에 해당된다.

어찌하랴, 이 모두가 실현이 되지 않는다면 나의 꿈은 희망이나 이상에서 가능성이 전혀 없는 헛된 기대나 생각으로 전락하고 말 것이다.

그래 이제부터 마음을 다잡고 시작하는 것이다. 시작이 반이라고 했는데 이미 반은 성취하고 있지 않은가?

생로병사와
희망

✐ 친구여!

너무 과거에 묻혀 오늘을 잃어버린다면 이보다 더 슬픈 일이 없을 것 같습니다.

과거는 오늘을 위한 잠깐의 추억 정도로 생각합시다.

지난 시간을 못 잊어 자랑하며 그 속에 파묻혀 사는 사람은 되지 맙시다.

물에 빠져 죽어가면서 내 과거의 영광을 외쳐본들 그 과거가 나를 살려주지 않습니다.

우리 나이엔 내일보다는 오늘이 더 의미 있고 중요합니다.

터키 속담에 "오늘의 계란이 내일의 암탉보다 낫다."라는 말이 있습니다.

천국이 아무리 좋은 곳이라 해도 누구도 당장 그곳에 가기를 바라지 않는다는 말도 있습니다.

지나간 삶, 남은 삶 너무 심각하게 생각하지 말고 오늘 충실하게 살아간다면 우리에게 주어진 시간은 보다 즐겁고 행복할 것입니다.

오늘은 만드는 자의 것이지 원래 있는 것이 아니랍니다.

나이

그것은 단순한 시간의 흐름이지만, 우리 인간의 영역이 아닙니다.

인간의 의지가 작용하지 않는 신의 한 영역 또는 자연의 영역이고 그 섭리입니다.

나이 듦에 그렇게 민감하지 맙시다. 극복할 수 없는 것이라면 겸허히 수용하는 자세가 진정 우리들의 모습이어야 합니다.

몸은 비록 초췌해 보여도 마음만은 언제나 맑고 밝게 살아갑시다.

살아 있는 모든 것은 태어난 그 순간부터 늙어갑니다. 그리고 소멸해 갑니다.

누구에게나 그것도 아주 공평하게 말이오.

병

삶의 질은 결정하는 것은 부와 명예와 권력도 아니고 오직 건강이 입니다.

아무리 의학이 발전해도 모든 병을 완전하게 정복하기란 불가능합니다.

인류의 발생부터 지금까지 인류는 병마에 시달려 왔습니다. 하나의 질병을 정복하면 새로운 질병이 먼저 발생합니다.

그래서 우리는 병마와 싸우며 타협하고 끌어안고 같아 살아가야 지혜가 필요합니다.

건강과 재산은 태어날 때부터 선천적으로 갖고 나온다는 말도 있지만, 지금은 노력 여하에 따라 얼마든지 건강하게 살 수 시대입니다.

흔히 말하는 건강관리입니다.

예전에 없던 병들이 많다고 하지만 사실은 너무 오래 살아서 발견되는 병이라고 합니다.

너무 오래 살아서 오는 병. 그 또한 어찌하겠습니까.

오래 살기 위한 것이 아니라 그날까지 건강하게 살기 위해서입니다.

예방적 차원에서 스스로 노력하고 관리하는 수밖에 없습니다.

희망

늙으면 희망과 꿈이 없다고요? 우리가 너무 나이와 과거에 집착해 있기 때문에 희망이 없어 보일 뿐입니다.

단 하루를 살아도 희망을 갖고 사는 사람과 그렇지 않은 사람과는 생의 길이와 관계없이 삶의 질에 있어서 큰 차이가 있습니다.

실천의 문제는 다음이고 희망마저 가질 수 없다면 숨을 쉰다고 살아 있는 것은 아닙니다.

곧 그것은 내 존재마저 부정하는 것입니다. 온 곳으로 되돌아가는 그 순간까지 우리는 오늘을 위해 희망과 꿈을 접어서는 안 됩니다.

거창한 꿈이나 담대한 용기가 필요한 그런 꿈, 희망을 말하는 것은 아닙니다.

작고 소소한 꿈이지만 그 꿈을 성취하기 위해 노력하는 마음이 있다면 오늘을 행복하게 사는 지혜로운 사람입니다.

전혀 희망이 없는 사람이라면 혹시 죽음도 희망이 될 수 있지 않을까요?

죽음

우리와는 아무 상관 없는 단어입니다.

저항한다고 극복되는 일도 아닙니다. 왜냐하면, 죽음은 내 의지와는 무관합니다. 나이 듦과 마찬가지로 그것은 자연의 영역이고 현상이지 인간의 영역이 아닙니다.

월터 페이터(Walter Pater, 영국 1839~1894 비평가, 수필가)의 산문 중에서 "세상은 한 큰 도시. 너는 이 도시의 한 시민으로 이때까지 살아왔다. 아, 온 날을 세지 말며, 그 날의 짧음을 한탄하지 말라. 너를 여기서 내보내는 것은, 부정한 판관이나 폭군이 아니요, 너를 여기 데려온 자연이다. 그러니 가라. 배우가, 그를 고용한 감독이 명령하는 대로 무대에서 나가듯이 아직 5막을 다 끝내지 못하였다고 하려느냐? 그러나 인생에 있어서는 3막으로 극 전체가 끝나는 수가 있다. 그것은 작자의 상관할 일이요, 네가 간섭할 일이 아니다. 기쁨을 가지고 물러가라. 너를 물러가게 하는 것도 혹은 선의에서 나오는 일인지도 모를 일이니까."

친구여! 나는 죽음을 이 글로 대신합니다.

분 신

그 날 이후
무엇이 당신을 그리했는지

나의
외침에도 당신의 긴 침묵은
깨어날 줄 모르고

그리움에 숨조차 쉬기 힘든
지금
시간을 쪼개고 또 쪼개
그 작은 한 조각조차 내주지 않는

당신에게
운명처럼
보이지 않는 힘에 이끌리듯
그리움의 끝에 서서 외쳐본다.

이제 당신의 가슴에
나의 절규가
작은 울림으로 전해진다면

오랜 시간 숨겨 두었던
말

고백하리라
당신은 나의 분신임을

어머니와
아내

✎ 어린아이가 자기 생각을 있는 그대로 말할 때쯤 어른들은 가끔 생각 없이 이런 질문을 한다.

"엄마가 좋아

아빠가 좋아?"

처음에는 아빠 눈치를 보지도 않고 솔직하게

"엄마가 좋아."라고.

좀 시간이 지나 물어보면

엄마만 있을 때는 "엄마가 좋아."

아빠만 있을 때는 "아빠가 좋아."

좀 더 자라 엄마 아빠 두 분이 함께 있을 때는 망설이다가

"몰라." 하고 대답한다. 아니면 "둘 다 좋아."

어른들은 장난이지만 아이에게는 난처하다 못해 고통스러운 질문이다.

이런 비슷한 질문으로 부모에게 어느 자식이 더 좋으냐고 물으면 어떤 대답을 할까?

난처하고 답하기 힘든 질문이 아닐 수 없다.

우리말에 열 손가락 깨물어 아프지 않은 손가락이 없다는 말도 있는데,

엄마 아빠는 처음부터 비교와 선택의 대상이 아닌 것처럼 자식들의 경우도 마찬가지다.

"어머니와 아내 중 누가 더 중요한가?"

그가 내게 이런 질문을 한다.

참 답하기 어려운 질문이며 나를 곤혹스럽게 한다.

어떤 답을 해야 할까?

어떤 선택을 해야 할까. 잠시 망설인다. 어머니와 아내의 얼굴이 떠오른다.

무엇을 알고 싶은 것인지 그는 짓궂은 질문을 던지고 답은 재촉한다.

어머니는 나를 낳아주셨고,

아내는 내 자식을 낳아주었으며,

아버지와 어머니는 나에게 생명을.

아내와 나는 자식에게 생명을 주었으니 이는 누가 더 중요하느냐의 문제도 아니고 비교와 선택의 문제도 아니다.

- 나의 이런 생각에 이의를 제기할 분도 있겠지만 -

나는 그에게 어떤 답을, 어떤 선택을 해야 할까?

사람들은 비교하기를 좋아하고 때로 선택을 강요하기도 한다.

처음부터 비교와 선택의 대상도 아닌 것을 놓고 답을 강요받았을 때의 당혹감이란 말로 표현하기 힘들다.

이 질문도 이미 답은 나와 있다. 특별한 상황이 아니라면 어머니와 아내는 비교의 대상이 아니라고.

그리고 어머니의 반대말이 아버지가 아니듯이

그가 나에게 이런 질문은 한다.

장미꽃과 호박꽃 중에서 어느 것이 더 아름다우냐고 비교와 선택을 강요하면 답은 간단하다.

대체로 많은 사람이 장미꽃이 더 아름답다고 할 것이다.

사람에 따라서는 호박꽃이 더 아름답다고 말해도 별 이의 없이 받아드린다.

왜냐하면, 이것은 비교나 선택의 문제가 아니라 각자의 취향의 문제이기 때문이다.

만일 '물과 불(태양) 중에서 어느 것이 더 중요한가?'라고 묻는다면 그 질문 자체가 잘못된 것이다. 이것 역시 비교를 통해 어느 것을 선택할 문제는 아니다.

따라서 '어머니와 아내 중 누가 더 중요한가?'라는 질문은 질문 그 자체가 잘못된 것이다.

그러므로 답도 없다. 어머니와 아내는 나에게 있어 하나다.

다양성의
삶

✐ 가끔 나는 외롭다는 생각을 하고 그 생각 때문에 더 외로움에 떨고 있다.

인간은 원래 외로운 존재인데, 이성적으로는 그렇다.

어떤 때는 내가 혹시 왕따를 당해 외톨박이로 살고 있다는 기분이 들기도 한다.

각종 모임에서는 물론 가까운 친구들끼리의 모임에서도 그런 생각이 든다.

그것은 나와 유사한 생각을 공유하는 사람이 과연 있을까 하는 생각 때문이다.

즉 내 삶의 방식을 이해하고 존중해 주는 사람이 없을 것 같다는 두려움이 있다.

모임에 나가면 나는 별로 할 말이 없어 다른 사람의 말을 듣기만 할 뿐이다.

자기들의 삶의 방식과 다르다는 이유만으로 나는 외면당하고 있지는 않나 하는 생각이 들 때 더욱 심한 자조감에 빠져들기도 한다.

꼭 그래야만 할 이유가 없는데, 사소한 예를 하나 들면 이런 것이다.

술을 못하는 것. 어쩐 일인지 몸이 술을 받아들이지 않는다. 집안 내력인가 보다.

아버님은 물론이시고 형제들도 마찬가지다. 그중에서도 내가 지나칠 정도로 심한 편이다.

사람들은 무릇 남자는 술을 잘해야 해야 한다는 어떤 확신에 찬 틀을 만들고 그 틀 안에다 나를 억지로 가둬두고 평가하거나 재단하려 든다는 생각을 할 때가 있다.

누가 어떤 기준으로 만든 틀이며 잣대인지 모를, 아마도 오랫 동안의 습속 규범이 가져온 결과인지는 모르지만 이제 좀 변 할 때가 되지 않았나 싶다.

유전적으로 술 잘 받는 사람도 있고 그렇지 못한 사람도 있다.

이는 너무나 당연한 일인데 우리 사회는 술 못 마시는 사람, 특히 남자는 사회생활하기에 너무 불편하고 힘들다는 생각을 한다.

술 잘 마시는 사회로 만들겠다는 엉뚱한 생각이 아니라면 연민의 눈으로 바라보거나 적어도 비난받아야 할 일은 아니라는 생각이다.

사회가 복잡해지고 다양성의 시대에 살면서 자기 삶의 방식이 곧 삶의 유일한 방식이고 최고의 가치이며, 최선인 것처럼 확신에 찬 태도를 갖는 것을 누가 뭐하고 할 수는 없지만 타인에게 자신의 방식을 강요해서 안 된다.

다양성의 사회에서 내가 이해하지 못하는 부분이 바로 이것이다.

유일하다는 말은 어쩌면 자신이 독선에 빠져 있다는 것을 알게 모르게 드러내는 것이다.

세상에는 유일한 것은 없다.

인간 구원은 모든 종교가 갖고 있는 숭고한 가치다.

그러나 내가 믿고 있는 종교만이 인간구원의 유일한 길이라고 말하는 것은 오만이다.

인간의 삶도 마찬가지다. 유일한 삶의 방식이란 없다.

삶은 각자 타고난 유전적 요소인 성격과 개성의 지배를 받고 있다.

최근에는 교육과 환경이 크게 영향을 준다고 하지만 역시 타고남이 먼저다.

내 삶의 가치와 생활태도가 사회의 규범이나 상식에 어긋나지 않다면 똑같이 이해되고, 존중 받아야 함은 물론이다.

다른 사람의 삶에 대해 자신의 잣대로 평가하거나 강요하게끔 우리의 삶을 그렇게 단순하지 않기 때문이다.

다른 사람의 삶을 있는 그대로 존중할 때 자신의 삶도 그대로 존중받을 수 있다.

이렇게 말하면서도 나는 늘 나 자신에게 이렇게 되묻곤 한다.

너는 폭넓게 다양성을 인정하며, 너만의 그 어떤 잣대도 갖고 있지 않다고 자신 있게 말할 수 있느냐?

자신 있게 말할 수는 없지만 내 죽는 날까지 그렇게 반문하며 살 것이다.

그것은 독선과 오만에 빠지지 않기 위한 나의 최고의 방법이라고 믿고 있다.

그런데 한 걸음 물러서서 생각해 보면 많은 사람이 혹시 나 같은 생각을 하고 있지 않을까?

자신들도 외롭고 따돌림을 당하고 있다는 것을?

상대방과 공유할 그 어떤 생각이나 일이 없을 때 우리는 독선에 쉽게 빠지거나 반대로 우울해지거나 불안해한다.

이성적으로 다양성을 인정한다고 하지만, 상대방의 삶의 방식을 존중하지 않고 있음을 일상생활에서 우리는 자주 보고 겪고 있다.

그래서 자기 삶의 방식을 존중해 주지 않는 타인들을 향해 나처럼 불평을 하고 있는지도 모른다.

그래서 슬프게도 우리는 저마다 모두 외로움에 떨고 있는 것은 아닐까?

페루의
마추픽추에서

✎ 공중도시, 태양의 도시, 신비와 수수께끼의 도시 등 여러 이름으로 불리는 마추픽추(2,400m) 기차역에서 유적지까지는 버스로 우르밤바강을 굽어보며 꾸불꾸불한 산길을 올라가야 한다.

이따금 내리는 비와 구름이 때로 시야를 덮어버릴 때도 있지만, 페루가 지금 우기인 점과 높은 산지의 날씨 변화를 감안한다면 기꺼이 참을 만하다.

새로운 7대 불가사의 중 하나인 마추픽추! 경이로움과 놀라움의 연속이다.

인간의 한계가 어디까지인가, 새삼 생각에 잠기게 한다.

유적지를 돌아보고 잉카제국의 불가사의한 공중도시의 비밀을 안은 채 다시 기차역으로 가는 버스에 올랐다.

막 떠나려는 버스를 향해 12~13세 되는 소년이 "굿 바이!" 하며 큰 소리로 외치며 손을 흔든다. 그리고 산 아래로 달려 내려간다. 몇 사람만이 그 소년에게 손을 흔들어 관심을 보일 뿐 모두 무표정하다. 나도 그 소년이 관광객을 향해 잘 가라고 손을 흔드는 정도로만 생각했다.

워낙 경사가 급하고 꾸불꾸불하다 보니 올라가는 속도나 내려가는 버스의 속도가 거의 같다는 생각이 든다.

험한 산길이다 보니 버스는 지그재그로 천천히 산을 내려갈 수밖에 없다.

산모퉁이를 돌자 어떻게 왔는지 그 소년이 가쁜 숨을 몰아쉬며 손을 흔들어 뭐라고 우리를 향해 소리친다. 그리고 다시 산 아래로 쏜살같이 뛰어 내려간다.

창가의 몇 사람만이 의미 없이 손을 흔들어 답할 뿐이다.

다음 모퉁이에서 우리를 기다리고 있는 그 소년을 또 만났다. 마찬가지로 웃음을 띤 채 손을 흔들고 다시 산 밑을 향해 달려 내려간다.

버스는 아주 느린 속도로, 소년은 가파른 지름길로 뛰어 내려가니 산모퉁이 어디선가 버스와 소년은 만나게 된다.

이러기를 서너 번 연속되자 관광객들은 비로소 소년의 행동에 대해 그 이유는 잘 모르지만 관심을 갖게 되었다.

소년의 그런 행동이 무엇을 뜻하는지 모르지만, 나는 다음 모퉁이에서 가쁜 숨을 몰아쉬며 큰 소리로 외치는 그 소년을 만나지 않기를 바랐다.

왠지 그 외침이 절규같이 느껴졌기 때문이다. 가슴이 뭉클하며 외면하고 싶었고, 한편으로 그 소년이 내려오기 전에 버스가 먼저 지나치면 어쩌나 하고 마음을 졸이기도 했다.

그러기를 5~6번 정도 했을까.

버스가 종점에 닿자 어느 틈에 왔는지 소년이 버스에 오르며 고개를 숙여 인사를 하고 손을 내민다.

돈을 달라는 것이다. 관광객에게 봉사한 것도 아니고 물건을 판 것도 아닌데 말이다.

산모퉁이에서 손을 흔들어 준 것뿐인데.

다들 의아한 생각으로 소년의 얼굴을 본다. 안개비에 젖은 얼굴이라기보다는 흐르는 땀으로 젖은 얼굴이다. 마추픽추 입구에서 산 아래 기차역까지 버스와 같은 속도로 달려내려 왔으니 그럴 수밖에 없을 것이다.

핏기없는 얼굴, 허름한 옷에 닳아빠진 운동화 그러나 눈빛만은 초롱초롱하다.

관광지에서 흔히 볼 수 있는 무조건 손을 내밀며 돈을 달라는 아이들과는 다르다는 생각이 든다.

그 소년한테는 산을 뛰어 내려오며 손을 흔드는 것이 맨 몸으로 돈을 벌 수 있는 유일한 수단이었는지 모른다.

어린 나이에 일찍 삶의 현장에 뛰어든 소년의 모습에 마음 한구석이 찡해진다.

누가 소년의 어깨에 감당하기 힘든 짐을 지게 했는지.

승객들은 1불씩 그의 손에 쥐여준다. 그것으로 우리는 할 일을 다 한 듯이 말이다.

나도 그런 사람 중에 하나다.

소년의 눈빛과 마주쳤다. 마주하기엔 그 맑은 눈빛이 내 눈에는 너무 슬퍼보인다.

구름이 걷히고 푸른 하늘이 나타난다.

부디 희망을 잃지 말고 건강하게 자라기를 빌며 기차에 오른다.

자주감자 꽃이 필 때

그녀는
한겨울 찬 빛 때문인가
창백한 얼굴에 여린 눈빛으로

출국 게이트에서
감자 꽃이 필 때 돌아오겠다며
차가운 손을 내민다.

어느덧
자주 빛 꽃이 몇 번 피고 졌지만
시간은 약속을 밀어내고
올해도
그녀는 돌아오지 않았다.

바람이 힘겨운 듯 자주빛 꽃잎 지던
날
누군가 전해주는 그녀의 말은

하늘에서도 꽃을 볼 수 있게
그곳에
자주빛 감자를 심어 달라고

청포도와
환상

🖋 내가 고등학교 다닐 때 국어 교과서에 이육사(1904~
1944)의 『청포도』란 시가 실려 있었다.

지금도 이 시가 수록되어 있는지 모르겠지만, 그 시에 이런 구절이 있다.

　"하얀 돛단배가 곱게 밀려서 오면

　　내가 바라는 손님은 고달픈 몸으로

　　청포를 입고 찾아온다 했으니

　　내 그를 맞아 이 포도를 따 먹으면 좋으련"

나는 이 시가 너무 좋아서 외워둔 것이 지금까지 또렷하게 기억하고 있다.

시에 숨어 있는 행간, 즉 민족시인이 고향을 그리워하며 나라 잃은 슬픔
과 울분을 애국적 정서로 표현된 시라고 한다.

시인에게는 정말 죄송하지만, 일제 강점기 아닌 오늘의 싯점에서 서정적인
시로 생각하고 이 글을 쓴다.

푸른 하늘과 흰 돛단배, 은쟁반과 하이얀 모시수건, 청포도와 청포를 입
은 손님을 머릿속에 연상하며 가끔 이 시를 음송해 보곤 한다. 이처럼 아름
다운 기다림의 시가 있을까 하는 생각은 지금도 변함이 없다.

내 농장에는 몇 종류의 포도나무가 있는데, 그중에 청포도가 한 그루 있다.

『청포도』의 시를 생각하며 나무를 심었고, 시의 분위기에 젖어보기 위해서
심었다.

태양빛을 한껏 머금은 포도송이를 생각하며 어설픈 감상에 빠지기도 한다.

청포도가 익어가는 7월, 알알이 익은 포도송이를 바라보며 상상의 날개를 편다.

청포도를 수확할 무렵인 지금, 내가 바라는 손님이 찾아오면 얼마나 좋을까?

식탁은 이미 준비되어 있고, 은쟁반은 아니지만 은빛 나는 접시와 그리고 하이얀 모시 수건 대신 하얀 면수건도 준비돼 있다. 심부름할 아이가 없으니 내가 직접 하면 된다.

손님 맞을 준비는 끝냈는데 정녕 고달픈 몸으로 청포를 입고 찾아오는 손님이 없다.

청포를 입지 않아도 고달프지 않아도 괜찮다.

그냥 포도나무 사이로 손을 흔들며 비탈길을 내려오는 그런 손님이면 된다. 내가 아는 사람이며 더욱 좋고 모르는 사람이라도 괜찮다.

물론 멋진 여인이었으면 더욱 좋겠지만, 그런 행운이 나에게 찾아올 리가 없다.

아무도 찾지 않는 쓸쓸한 농장, 그것이 나를 슬프게 한다.

하지만 나는 마음속에 '내가 바라는 손님'을 그려본다.

어떤 사람으로 할까? 청포가 아닌 하늘색 세모시를 입은 젊은 여인으로 생각하자.

눈빛이 고운 여인이면 더욱 좋겠다.

그리고 시 그대로 고달픈 여인으로 생각하자.

왜 그 여인은 고달픈 몸으로 찾아오는 것일까.

마음일까, 몸일까?

마음일 것 같다는 생각이 든다. 어쩌면 몸과 마음이 모두 지쳐 있는지도 모른다.

그녀가 이곳을 찾은 것은 마음에 위로를 받고 자신을 이해해 줄 사람을 만나기 위해서일지도 모른다.

젊은 나이에 일찍 겪어야 했던 힘든 삶의 무게를 어떻게 위로할 것인가?

어설픈 위로의 말보다는 아무런 선입견 없이 자신의 말을 있는 그대로 듣고 믿어주는 사람이 필요했을지도 모른다.

그래서 이곳을 찾은 것인가?

이렇게 쓸데없는 걱정도 해본다.

여기까지만 생각하자. 그 이상은 내 상상력의 한계를 벗어난 일이다.

그런데 무언가 잃어버린 듯 스산해지는 마음은 무엇 때문일까?

7월의 빛이 너무 밝아서 그런 것인가?

언 듯 숲 사이로 불어오는 시원한 바람에 마음을 추스르고 자리를 털고 일어선다.

청포를 딸 때쯤 가까운 친구나 함께 근무했던 분들을 초대해야겠다.

그동안 우쩍 자란 잔디밭의 풀을 뽑아야겠다.

저 건너 숲속에서 뻐꾹새 울음소리가 한낮의 정적을 깨고 있다.

불 침

한 친구를 생각하며 –

✏ 중 3때의 가을.

부여로 수학여행을 떠났다.

지금도 그렇지만 당시로써는 마음 설레며 밤잠을 설치는 정말 신나는 사건이 아닐 수 없다. 내 생애 첫 수학여행이며, 어쩌면 중학교 시절을 마감하는 중요한 행사 중의 행사이기 때문에 더욱 그렇다.

오늘처럼 쪽빛 하늘이 날아갈 듯 높이 펼쳐져 있는 가을 날씨였다는 생각이 든다.

충남 논산시(당시는 군) 은진면에 위치한 관촉사를 거쳐 부여에 이르는 3박 4일간의 기차와 버스를 이용한 여행이었다. 이유는 모르겠지만, 대전에서 논산까지 기차 접속이 잘 안 돼 객차가 아닌 화물열차에 실려 저녁때 관촉사에 도착했다.

지금도 그렇지만, 휴전이 된 지 4년이 지났지만, 전쟁의 상흔은 여전히 남아 있었고 주요 운송 수단인 기차의 시설은 엉망이었다.

그래도 우리는 즐거웠고 장난치며 마구 떠들어 댔다.

미륵불에 대한 설명을 듣는 둥 마는 둥 하며 숙소에 들었다. 기와집으로 꽤나 큰 여관이었다.

무엇을 먹었는지는 잘 모르지만, 배고픔에 허둥지둥 상 위에 있던 음식들을 말끔히 비웠다.

좁은 방, 희미한 전등불 아래 사춘기에 접어든 장난꾸러기 7명의 잠자리였다.

잠이 올 리 없지만, 다음 일정 때문인지 선생님들의 등쌀(?)에 억지로 잠을 청해야만 했다.

그래도 피곤했던지 모두 깊은 잠에 빠져들었다.

누가 나를 흔들어 깨운다. 누구보다도 장난이 심한 최준식. 음모는 이때부터 시작되었다. 아니, 준식이는 처음부터 이런 계획을 갖고 있었던 것 같다.

허준구, 공부는 잘하지만 평소에 좀 어눌하게 보이는 녀석이 우리들 음모의 대상이었다.

준구에게 불침을 놓자는 것이다. 불침이 무언지 잘은 모르지만 재밌겠다는 생각이 들었다.

담배를 피우는 녀석은 아니었지만, 이때를 위해 미리 성냥을 준비했는가 보다.

그리고 조심스럽게 성냥불을 켰다.

성냥개비가 타들어 가면 숯을 굽는 것처럼 침을 발라 불을 끄고 약 1cm 정도의 까맣고 뾰족한 성냥개비 숯침을 만들었다.

시골에서 유학 온 준식이는 그동안 많이 해본 듯 능숙한 솜씨로 모든 준비를 마치고 잠에 빠진 준구에게 다가갔다.

팬티를 내리고 잠지와 배꼽 사이에다 조심스럽게 숯침을 꽂았다.

그리고 우뚝 솟은 잠지를 보며 키득키득 음흉한 웃음으로 서로에게 답하며 가느다란 성냥개비 숯에 불을 붙였다.

빠른 속도로 빨갛게 아래도 타들어 가는 숯침을 보며 순간 우리 둘은 순간 긴장했다.

후다닥 놀라 벌떡 일어나는 녀석을 보는 순간 우리는 비겁하게도 모두 자는 척 엎드렸다.

　그러나 우리는 녀석의 행동을 보며 너무 재밌어 킬킬대다가 모두 일어나 녀석의 등을 두드리며 함께 웃었다.

　그래도 녀석은 멋쩍은 듯 말없이 팬티를 올리고 다시 꿈속으로 빠져들었다.

　어쩌면 이런 일들이 녀석에게는 꿈속에서 이루어졌다고 생각하는지도 모른다.

　그 당시 우리들의 수학여행은 무엇을 보고 배우는 것보다 먹고 장난치고 떠드는 것이 모든 것에 우선했다.

　수학여행은 부소산성 낙화암에서 끝났다.

　우리는 그렇게 커갔고, 또 그렇게 사춘기를 서서히 벗어났는가 보다.

철새와
봄과 농장

✏ 3·1절

하늘이 구름 사이로 붉게 물들어 간다.

곧 태양이 떠오를 모양이다. 농장에 도착할 때쯤 햇살이 눈부시게 빛나겠다.

봄이라고 하기보다는 오히려 겨울에 가까운 날씨다.

봄바람이 겨울처럼 차디차게 느껴지는 이른 아침이다. 겨울을 이겨낸 강인한 풀들이 조금씩 기지개를 켠다. 지구 온난화 현상인지 겨울에도 파릇파릇한 풀들을 볼 수가 있다.

북으로 향하는 철새무리를 따라 시선을 하늘로 옮긴다. 오늘따라 높고 파란빛이 봄이라고 하기에는 너무 차가워 눈이 시리다.

남쪽으로 향할 때도 한 달 넘게 이곳 하늘을 지나갔으니 북으로 갈 때도 그 정도의 시간을 걸릴 것 같다. 철새에 따라 귀향길에 오르는 시간이 서로 다른가 보다.

건강하게 무사히 고향에 도착하기를 빌어본다.

이곳 농장은 철새들이 이동하는 경로에 있는 것 같다. 북에서 남으로 남에서 북으로 가는 길목에 위치하고 있다. 이곳에서 서해안 천수만이 가까워서 더욱 그런 것이 아닌가 한다.

그곳에서 겨울을 나는 새도 있을 것이고, 더 먼 남쪽으로 가기 위해 잠시 쉬어가기도 하리라.

남으로 내려갈 때는 요란스럽게 소리를 내며 큰 무리를 짓는데, 북으로 갈 때는 좀 다른 것 같다. 조용히 언제 가는지 모르게 가는 것 같다.

작년 마지막 철새 무리가 남쪽으로 갔을 때쯤 나도 농장 일을 마무리하고 동면에 들었다.

그리고 철새들이 북으로 이동할 때 나는 다시 농장 일을 시작한다.

떠나는 겨울에 대해 아쉬움이 남기도 하지만 그래도 봄을 맞는 기쁨이 훨씬 크고 마음이 설렌다. 여기저기 농장주위를 살펴보며 일일이 나무와 인사를 나눈다.

내 관심과 손길을 기다리는 나무들이 있고 봄을 향한 꿈들이 있을 것 같다.

그들은 어떤 꿈을 꾸며 어떻게 그 꿈을 실현해 나갈까. 그들은 진정 내 손길을 기다리고 있을까 아니면 자유롭게 놔두기를 바랄까?

금년 겨울이 춥지 않은 탓인지 나무와 풀들의 눈망울에 봄기운이 감돈다.

자연은 질서와 법칙 그 자체이고, 감정표현이 분명하고 솔직하다.

질서와 법칙, 그것이 정확하게 실현되고 있는 것이 자연이다.

자연은 말을 하지 않고 언제나 행동으로 보여준다. 그래서 우리는 자연을 대할 때 숙연해지며 나 자신을 돌아보고 겸손해지기도 한다.

나를 이 세상에 보내주고 다시 거두어 가는 자연이기 때문에 우리는 더 자연에 의존적이다.

옷을 갈아입고 난로에 장작을 넣고 불은 지핀다. 금방 온기가 비닐하우스 안에 가득하다.

빈속이지만 이럴 때 커피가 빠질 수 없다. 원두를 갈아 필터에 넣고 물을 붓고 내린다.

나는 드립 커피의 매력은 향이라고 생각한다. 원두를 봉지에서 꺼낼 때와 갈 때 그리고 걸러낼 때 나오는 향이 더할 나위 없이 좋다.

여기에 음악이 빠질 수 없다. 볼륨을 마음껏 높인다. 그래도 누가 뭐랄 사람이 없어서 좋다.

각종 농기구를 챙겨 일을 시작한다.

정신없이 일을 한다. 모든 것을 잊고 몰두한다. 오늘이 마지막 날인 것처럼 무섭게 일을 한다.

어디서 그런 힘이 나왔는지 나도 가끔 놀랄 때가 있다.

좁은 땅에 계획 없이 마구잡이로 이것저것 심어 관리하기가 너무 힘들었다.

이제부터는 더 심을 욕심을 버리고 심겨 있는 나무들을 잘 가꾸는 일에 정성을 쏟는 것이 올봄에 해야 할 일이다.

힘자라는 데까지 건강하게 가꾸고 싶다.

프라하의
황금 소로

    ✎ 체코의 수도 프라하는 중부 유럽의 문화 중심지로 많은 사람이 찾는 곳이다.

그뿐만 아니라 다양한 건축양식을 볼 수 있어 흔히 유럽의 건축박물관이란 별칭도 갖고 있다.

관광객이라면 불타바(독일에서는 몰다우)강의 카를교를 건너 프라하 성과 비투스 성당을 반드시 찾는다.

주변의 아름다운 건축물들을 보며 천천히 낯선 관광객과 어울려 카를교 건너는 그때를 회상하며 이 글을 쓴다. 지금 생각만 로맨틱한 시간이었다. 다시 한 번 더 여유를 부리며 거닐고 싶다는 생각이 든다.

프라하 성에서 볼타바 강을 향해 걸어서 내려오다 보면 황금소로라는 좁은 골목길을 지나게 된다. 우리나라에 인사동 골목길과 같다고나 할까?

길 폭이 3~4m 정도 되는 아주 비좁은 길이다.

황금소로는 금을 만들기 위해 연금술사들이 집단적으로 모여 살던 곳에서 유래한다고 한다.

좁은 길을 사이에 두고 양쪽으로 아담하게 꾸며진 기념품 가게와 멋진 카페가 있을 뿐 연금술과 관련된 시설은 볼 수 없다.

프라하에 오면 꼭 한번 들러야 하는 필수 관광명소지만, 거리에 들어가는 데 입장료를 받는 곳은 아마 이곳뿐이 아닌가 생각이 든다.

그렇지만 절대 심하다는 생각이 들지 않을 만큼 낯선 여행객들에게는 특별한 볼거리와 즐거움을 안겨준다.

또한, 이곳은 체코의 실존주의 작가 프란츠 카프카(Franz Kafka, 1883~1924)가 잠시 머물며 작품을 구상하고 집필한 곳으로 알려져 있어 문학에 관심 있는 사람들에게 특별한 의미가 있는 곳이다.

짙은 파란색이 칠해져 있는 2층으로 된 오두막집이다. 물론 그 집만 그런 것이 아니라 이 황금소로에 있는 모든 집이 나지막한 2층 건물들이다.

겨우 한 사람만 오르내릴 수 있는 계단을 올라가면 좁은 방이 있는데, 그곳이 카프카의 집필 장소라 한다.

2차 대전을 겪은 유럽 전후 세대들에게 있어 실존주의 철학 내지 문학은 그들에게 새로운 정신적 방황과 번민을 안겨주었고, 실존과 부조리에 대한 개념이 현실 속의 한 단면으로 나타나기 시작하던 때이다.

그 후 우리나라는 1960년대 내가 대학 다닐 때 실존주의 철학이 소개되었고 다양한 책이 서점의 서가를 채우기도 했다.

한때는 관련 서적을 몇 권 구입하기도 했지만, 온전히 읽은 책은 불과 몇 권이 되지 않는다.

몇 권의 철학 서적과 소설을 읽은 것이 실존주의에 대한 내 이해의 전부라면 전부다.

하여튼, 그 당시 나름대로 삶에 대해서 회의와 사색에 빠져있던 나에게 실존주의는 존재의 의미와 나의 정체성을 찾는 데 조금은 도움이 되지 않았나 싶다.

그때를 회상하며 찾은 카프카의 집은 내게 젊은 날의 방황을 새삼 떠올리게 하는 조금은 감동적인 곳이다. 파리의 장 폴 싸르트르(Jean Paul

Sartre, 1905~1980)의 묘를 찾았을 때와는 전혀 다른 느낌으로 받아들여지는 것은 무슨 이유에서일까?

유대인으로서 체코에 살면서 체코어가 아닌 독일어를 글을 써야 했던 카프카는 어찌 보면 불우한 삶을 산 작가 중의 한 사람일 것이다.

세상의 부조리를 극복할 수 없는, 아니 자기 삶의 부조리에 더 몸부림쳐야 했던 그였기에 글을 통해서 이를 극복하려 했는지도 모른다.

좁은 골목길을 빠져나오면서 잠시 젊은 날의 나를 머리에 떠올려 본다.

사색하는 열정이 식어버린 오늘의 나에게 카프카의 작은 공간은 부조리와 관련된 내 실존의 실상을 생각게 한다.

과거로 돌아간 듯한 느낌을 주는 황금소로를 나서면서 단체 여행이 갖는 시간의 제약이 이렇게 아쉽게 느껴진 적이 없다.

역사가 살아 숨 쉬는 곳 프라하, 붉은 지붕과 아름다운 프라하 성, 시대와 함께하는 블타바강, 황금소로와 프란츠 카프카, 밀란 쿤데라 등 이 모든 것이 프라하에 대한 나의 낭만이며, 애정이다.

그리고 내 몇 번의 유럽여행에 있어 어느 도시보다 생생하게 오래 기억될 것이다.

스메타나의 교향시 나의 조국 중 제2곡, 블타바강을 바라보며 아쉬운 발길을 옮긴다.

남자들의
수다

✎ 거의 일주일에 한 번 정도 만나는 친구가 몇 명 있다.

만나서 점심을 먹고 커피를 마시며 수다를 떠는 것이 유일한 재미는 아니지만 가장 중요한 재밋거리 중의 하나인 것만은 틀림없다.

일반적으로 수다는 여자들의 전유물인 것처럼 말하지만, 그렇지만은 않은 듯하다. 남자들도 수다 떨기는 여자들과 마찬가지다.

이렇다 할 일이 없으니 점심 먹고 나서 백수들에게 꽤 비싸다는 스타벅스에서 커피를 마시며 족히 한두 시간 수다를 떤다.

비록 대화는 없지만 싱그러움을 누리는 젊음과 만날 수 있는 유일한 시간이기도 하다. 그들에게 우리들의 존재는 못내 못마땅하겠지만.

그래서 우리는 누가 먼저라 할 것 없이 언제나 제일 구석진 곳을 찾는다.

그들을 배려한다는 알량한 마음으로.

사람을 두 부류로 구분한다고 한다. 즉 시간을 소비하는 군과 사용하는 군으로 분류한다고 한다. 우리는 어느 부류에 속할까. 자명한 일이다.

매일은 아니지만, 나의 수다는 일주일에 한 번 정도, 주간 행사쯤은 된다. 이제는 은근히 그 날이 습관처럼 기다려진다.

나이가 들어갈수록 수다가 생활의 한 방편으로 굳어지는 것은 아닌지?

TV에서 쏟아지는 건강 관련 정보를 보면 수다가 정신건강과 우울증 치료에도 도움이 된다고 하니 수다를 떨 만도 하다.

요즘은 대화를 할 사람이 점점 줄어드는 안타까움이 있다. 주변을 둘러보면 볼수록 왠지 자꾸 혼자라는 생각이 든다.

또한, 정치·경제·사회적 요인으로 인한 계층 간, 세대 간, 지역 간의 갈등도 한 몫을 하는 것 같다. 갈등이 풀릴 조짐은 보이지 않으니 유유상종이라고 할까, 생각을 공유하는 사람들끼리 모여 이런저런 횡설수설 수다를 떤다.

그러다 보면 시간도 잘 가고 어느 정도 스트레스를 해소하는 데 분명 도움이 되는 듯하다.

특히 술자리에서의 수다는 여자 못지않다. 한두 시간을 훌쩍 넘겨도 무슨 이야기가 그리 많은지. 시간 지나다 보면 한 이야기를 또 하고 또 한다. 그래도 즐거운가 보다.

술을 잘 못 하는 나는 이해가 잘 안 되지만, 호기롭게 수다를 떠는 사람에게는 그만한 즐거움도 없다고 한다.

처음에는 꽤 귀담아들을 만한 이야기도 하지만, 시간이 갈수록 수다의 질은 떨어지게 마련이다. 자주 만나다 보면 수다거리가 궁색해지기 때문이다.

추억 속에 산다는 노인들에게 과거는 좋은 수다거리지만 그것도 밑천이 바닥날 때가 있다.

그래서 이미 한 이야기도 처음 하는 양 말할 때가 적지 않다.

그럴 때는 서로 처음 듣는 양 고개를 끄떡이거나 맞장구를 치기도 한다.

때로는 책이나 신문, TV에서 이야깃거리가 될만한 소재를 준비해 갈 때도 있지만, 그것도 어느 정도 한계가 있다.

백수들과 대화를 하다 보면, 특히 정치·경제·사회분야에 이르면 모두가 내로라하는 전문가로 변신한다. 정치적으로는 올해의 총선과 대선에 관련된 것, 경제는 무상복지의 부당성과 문제점, 이념문제로 비약하면 종북 반미

좌파에 관한 이야기로 열을 올린다.

이런 현상에 대해 비판 정도를 넘어 울분을 토해내고 분노하다가 나중에는 국가의 미래를 걱정하는 어설픈 비분강개형 애국자로 변신하기도 한다.

그것이 나를 슬프게 하지만 그것이 우리들의 일상이고, 한계다.

거기에서 그치지 않고 다음 단계로 넘어간다. 때로 집안일과 자식들에 관한 이야기로 이어지다가 스포츠에 관한 이야기로 자연스럽게 넘어간다.

그다음은 남자들한테는 비교적 관심 밖의 일로 여겨진 연예계의 이야기가 전개된다.

드라마와 k-pop에 관한 이야기, 자신은 어느 연기자가 맘에 든다는 등 이야기에서 스캔들 쪽으로 화제가 넘어가면 우리들의 수다도 서서히 대단원의 막을 내릴 때가 된다.

빈 종이컵과 지금까지의 모든 이야기를 쓰레기통에 버리고 텅 빈 머리로 커피숍을 나선다.

활기차게 움직이는 젊은이들 사이를 그날이 그날인 우리들은 움츠러든 어깨를 의식적으로 펴며 짧은 겨울의 석양빛 속에 묻힌다.

여행을 가자

오늘도
친구를 만났다. 늘 만나는 그들이다.

집에서나 밖에서나
가는 곳도 만나는 사람들도 정해져 있다.
편안하지만 무료하고 변화가 없어 지루하다.

늘 하던 그 말이 그 말이고
어디에서나 그들이 그들이다.
의미 있든 없든 변화가 필요하다.
잠시라도
여기서 벗어나 낯선 사람들을 만나야 한다.

낯선 곳에서
첫 만남은 때로 서먹서먹하지만
부담 없이 감성으로 나누는
대화는
눈빛과 몸짓만으로도 즐겁다.

조금은 낯가림을 하지만

이곳을 떠나 자주 여행을 하며

낯선 산하

거리에서

다른 언어를 눈빛으로 말하는 그들과 나

그곳에서

호기심 가득 그들을 보고 나를 본다.

다름이 얼마나 멋진 삶의 기쁨인지를

판도라의
상자

      ✎ 그리스 신화에 제우스는 신만이 가질 수 있는 불을 프로메테우스가 인간에게 준 것에 대한 벌로 대장장의 신 헤파이스토스에게 아름다운 여인 판도라 만들게 한다.

    그리고 제우스는 신들의 선물이라며 판도라와 의문의 상자 하나를 프로메테우스의 동생인 에피메테우스에게 보낸다.

    판도라는 남편 에피메테우스가 열지 말라는 주의에도 불구하고 집 안에 있던 의문의 상자를 호기심에 못 이겨 열었다.

    그 상자를 열자마자 세상의 온갖 불행과 질병과 죽음, 질투와 증오 온갖 죄악들이 쏟아져 나왔고, 놀라 상자를 닫자 희망만이 그 안에 남게 되었다. (닫는 순간 희망이 겨우 빠져나왔다는 설도 있음.)

    이렇게 해서 인간들은 모든 재앙 속에서도 희망을 갖고 살아가게 되었다고 한다.

    불행과 사악한 것들이 우리를 둘러싸고 있어도 지금까지 인간이 끈질기게 생존하게 된 것은 바로 이 희망 때문이다.

    희망! 우리가 온갖 처절하고 참기 힘든 고통 속에서도 살아갈 수 있는 것은 어둠을 밝히는 태양과 같은 것이기 때문이다.

    그래서 행복한 사람은 희망을 갖고 살아가는 사람이요, 불행한 사람은 희망이 없는 사람이다.

우리는 흔히 희망의 반대말을 절망이라고 한다. 그래서 역설적으로 희망을 가진 사람에게만 절망도 있다는 말은 한 번쯤 음미해 볼 만하다.

희망을 가진 사람은 주어진 현실을 긍정적으로 수용하고 어떤 역경도 극복하려는 의지를 갖고 생활하기 때문에 감동적이기도 하다.

정신과 의사들은 말한다. 늘 자신이 불행하다고 생각하는 사람을 직접 만나 이야기 들어보면 결코 불행하지 않다는 것이다.

그 반대로 행복한 사람이라고 생각되는 사람이 의외로 불행한 삶을 살고 있음을 종종 볼 때가 있다고 한다.

그러면 사람들은 왜 절망하며 불행하다고 생각할까?

왜 그럴까?

그들이 부자가 아니라, 막강한 권력과 명예와 같은 거창한 희망이 없어서라기보다 작고 사소한 일상의 희망이 없기 때문이라고 말하면 어떨까.

삶의 행불행을 결정짓는 것은 그것이 무엇이든 간에 중요한 지표는 희망이 있고 없는 데 있다.

인간은 다른 동물과 달리 희망이 없으면 살아갈 수 없는 존재다.

동물에게도 희망이 있을까?

동물한테는 오직 생존을 위한 본능만이 있을 뿐이다. 생명보존과 종족 번식이 그들이 존재해야 할 이유의 전부다. 그래서 동물에게는 생존의 의미만 있지 존재의 의미는 그리 중요하지 않다.

서양 속담에 이런 말이 있다.

"인생이 괴롭고 희망이 희미해지면 세상은 가라 하고 무덤은 오라고 한다."

희망을 갖고 있으면 인생은 너를 도와줄 것이고, 희망을 잃어버리면 인생은 너를 무덤으로 데리고 간다는 말이다.

얼마나 두렵고 무서운 말인가?

더 나아가서 희망은 구체적인 목표가 있어야 한다.

그것은 막연한 바람이 아니라 구체적이고 그것도 현실적이며 실현 가능한 것이어야 한다.

한 걸음 더 나가 우리가 절망에 빠지는 가장 중요한 이유 중의 하나는 희망이 없어서가 아니라 그것을 실천하려는 굳은 의지와 행동이 뒤따르지 않기 때문이다.

생각만 있고 행동이 없다면 그 희망은 허황된 꿈이거나 망상에 지나지 않는다.

어떠한 시도도 없다면 어떠한 결과도 없다.

희망은 우리 생존의 근간이지만 생각만으로는 이룰 수 없는 절대적인 가치로 늘 우리와 함께한다.

아랑훼즈의
기타 협주곡 2악장

✎ 싸늘한 늦가을 달빛에 밝은 한기로 가득하다.

멀리서 화물선의 고동 소리가 맑은 바람을 타고 비닐하우스 안까지 스며든다.

사방에서 들어오는 달빛이 하얗다 못해 파랗게 느껴진다.

장작난로에서 바람에 밀려 난로 밖으로 나오는 연기가 그리 싫지는 않다.

라디오에서 흘러나오는 음악, 아랑훼즈(Aranjuz)를 위한 기타 협주곡 2악장 아다지오다.

기타 특유의 우수에 젖은 듯한 음색과 바이올린과 목관악기의 절규하듯 연주되는 소리에 가슴이 시리도록 아파온다.

한낮에 들어도 슬픈 음악인데, 왜 하필 이때 이 곡일까? 잔디밭에 떨어지는 낙엽소리에 마음마저 스산한데 참으로 설상가상이다.

기타 소리는 가슴을 뜯는 소리로, 잉글리시 호른은 애수 띤 음색으로 전신에 파고 든다.

이렇게 심금을 울리는 아름다운 음악이 또 있을까?

2악장은 이런 장면을 상상하게 한다.

창을 통해 흐르는 달빛 사이로 사랑하는 사람이 자신의 품에 안겨 죽어가는 모습을 지켜봐야 하는 한 여인의 비통한 모습을, 기타와 바이올린이 처절하게 대신하고 있다.

가슴을 치듯이 애절하게 연주되는 기타와 숨이 끊어질 듯이 들려오는 바이올린과 호른이 비닐하우스에 가득하다.

또한, 기타와 오케스트라가 빚어내는 연주에 온갖 슬픔이 아름다움으로 승화되는 순간이기도 하다. 이는 곧 감동이다.

음악이 끝났다. 내 감상적인 상상도 막을 내렸다. 지금 이 비닐하우스 안의 분위기가 이런 상상을 낳기에 충분하다.

한기가 돈다. 난로가 식어가는가 보다. 장작을 넣으며 달을 본다. 늦가을 참나무 가지를 스치는 바람에 낙엽이 잔디밭에 사그락 대며 구르는 소리가 들린다.

밤은 깊어가는 데 나는 어디에 있는 것인지?

농장 일을 마치고 집에 와서 좀 더 자세하게 이 곡에 대해 알고 싶어 인터넷을 뒤졌다.

이 곡은 스페인 작곡가 호아킨 로드리고(Joaquin Rodrigo, 1901~1999)가 1940년에 작곡한 곡이다. 3살 때 티프테리아로 시력을 잃은 그는 파리에서 피아노와 작곡을 공부를 했다.

이 곡은 여행 중 내전으로 황폐해진 여름 궁전 아랑훼즈에 대한 이야기를 듣고 평화를 기원하는 마음으로 작곡했다고 한다.

놀라운 일이다. 시력을 잃은 그가 이야기만 듣고 작곡했다니 조그마한 감동이 인다.

청력을 잃은 베토벤이 9번 교향곡이 연상된다.

고통을 통해 환희에 이르는 삶. 신체적 역경을 이겨낸 감동적인 인간승리의 표상이다.

이 모든 것이 나를 놀라게 한다.

또한, 이 곡을 작곡할 즈음에 아내인 피아니스트 빅토리아 카미가 유산을 하자 너무나 슬픈 나머지 이 곡을 작곡을 했다는 설도 있다.

아마도 전쟁의 상흔과 아내의 유산이 가져온 슬픔이 이 곡을 작곡한 직접적인 동기인 것 같다.

통계에 의하면 이 곡이 스페인에서 가장 많이 연주되는 곡이라고 하니 그만큼 많은 사람의 가슴에 슬픔과 아름다움, 감동을 함께 주는가 보다.

다양한 악기와 노래로 연주되고 popula music으로, jazz로 편곡되어 세계적으로 널리 연주되고 있다고 한다. 여러 버전이 있고, 2악장의 아다지오에 가사를 붙여 세계적인 성악가 또는 크로스 오버가수 들에 의해 불리어지게 되면서 전 세계의 음악 팬에게 많은 사랑을 받고 있다.

기타 독주도 좋지만, 나는 오케스트라와의 협주곡을 더 좋아한다.

스페인 무곡적인 리듬을 통해 그의 마음속에 내재해 있는 슬픔과 고통을 그대로 잘 표현했다는 생각 때문이다.

하여튼 이 곡은 전 3악장으로 구성된 기타 협주곡으로 이 중 자주 연주되는 곡은 2악장의 아다지오다.

유튜브를 통해 각각 다른 기타리스트들의 연주를 들어보는 것도 이 곡을 이해하는 데 도움이 되지 않을까?

송년 모임을
마치고

  ✐ 언제부터인가 우리들의 송년 모임의 대화는 오늘과 내일의 이야기보다는 어제와 그저께 그그저께 일로 변해버렸다.

  우리들, 아니 나에게 내일의 이야기는 진정 없는 것인가? 내일은 잃어버린 시간 속에 묻혀 잊고 있는 것은 아닌가. 그래서 송년모임은 만남의 기쁨 뒤에 쓸쓸함과 허전함을 함께한다.

  거리로 나선다. 눈이 내린다. 인적이 드문 거리에 눈발이 대신한다. 첫눈은 아니지만, 첫눈처럼 느껴지는 회색빛 거리를 걷는다.

  머리 무게를 못 이겨 꾸부정하게 걷고 있는 것은 아닌가 하여 등을 꼿꼿이 세우고 눈 속을 걷는다. 아직은 그러지 말자고 스스로 다짐을 하면서.

  지난해처럼 밝고 화려한 불빛이 아닌 희고 찬 빛깔의 전구들이 앙상한 가지를 덮고 있다.

  함께 가야 할 겨울인데 주변마저 이렇게 하얗게 질려있으면 나는 어떻게 하라고.

  지하철 대신 버스에 올랐다. 오늘 같은 날을 차창 밖의 연말 풍경을 보고 싶다.

  거기엔 아직도 도시의 생명력이 눈 속에 희미하게나마 움직이고 있음을 본다.

  이렇게 눈이 펄펄 내리는 날 밤, 모처럼 그 분위기에 젖어보는 것도 나쁘지 않겠다는 생각이 든다. 그렇지만 마음일 뿐 정류장에 선뜻 내려 거리를 걸을 용기가 없다.

남대문을 돌아 남산 제삼 터널을 빠져나오는 데는 상당한 시간이 걸렸다.

밝고 힘찬 표정에 젊음의 열기가 가득한 버스 안.

나에게도 그런 열기를 발산한 적이 있었던가 싶다. 이런 분위기에 자칫 초라해지려는 마음을 다잡으며 진정 삶은 젊은이들의 전유물일까.

'아 그런 생각을 안 하기로 했지.'

앞이 보이지 않을 정도로 눈은 점점 많이 내리고 사람이 다니지 않는 보도에는 그동안 내린 눈이 하얗게 덮여있다.

집에 가려면 전철로 바꿔 타야 한다. 버스에서 내려 막차 전철을 탔다. 막차! 묘한 기분이 든다. 막차에 오른 안도감 보다는 마지막이라는 말이 갖는 어감이 왠지 슬프다.

전철 안도 젊은이들로 가득하다. 그들의 열기에 내 마음도 조금은 밝아지는 듯하다.

이들에겐 막차란 없다. 거기가 어디든 젊음의 꿈과 열정으로 항상 출발점에 서 있기 때문이다.

분당 Y역에서 내렸다.

계단을 타고 내려오는 바람이 몹시 차다. 거리에는 불빛이 많이 꺼졌지만, 크리스마스의 트리의 불빛은 어둠 속에서 더욱 빛을 발한다.

코트 위로 눈이 조용조용 내려앉는다. 가로등 불빛에 내 그림자와 앞서거니 뒤서거니 한다. 우리 아파트 뒤에는 개울이 있고 느티나무 길이 큰길로 연결되어 있다. 그러나 이 길을 이용하는 사람은 거의 없다. 그래서 언제나 조용하고 쓸쓸한 길이다.

그 길에 눈이 쌓여있다. 한적한 곳이기도 하지만 자정이 가까운 시간이라 아직 누군가 밟고 지나간 흔적이 없다.

100m나 되는 길. 설상 초보. 좀 겁도 나고 미안하다는 생각도 든다.

흰 백지 위에 어떻게 붓을 대야 할까. 밟고 지나가도 되나? 왠지 망설여진다.

한 걸음 내디딜 때마다 눈 밟는 소리가 나지는 않지만, 신발을 통해 전달되는 느낌은 포근포근하며 부드러운 느낌이다.

눈은 아직도 내게 가슴을 따듯하게 감싸주는 연인의 손길 같다.

거의 다 지나왔다. 뒤를 돌아볼까. 내 발자국이 어떤 모양으로 족적을 남겼을까?

궁금하지만 그만두기로 했다. 이제 뒤돌아본들 달라질 것이 무엇인가.

내가 걸어온 길, 내가 만든 발자국이 보도 위에 어떤 궤적을 그렸건 이제 그것은 내게 아무런 의미가 없을 것 같은 생각이 든다.

눈이 계속 내린다면 내 발자국은 눈에 덮여 자취를 감출 것이고, 내일 구름이 걷히고 햇살이 비치면 그 또한 스스로 사라져 버릴 것이다.

내 발자국의 흔적은 그렇게 의미 없이 사라질 것이다.

내 삶이 걸어온 길처럼.

새해에 부치는 글

새해가 밝았다.

나는

늘 새해가

무엇인가 해 주겠지 기대하며

살아왔다.

새해마다 무임승차해

무위의 시간 속에 행운을 기다리다

허허하게 그 해를 마무리 한다.

이것이 삶인가 하며 쓴웃음을 짓고.

그런데

새해는 늘 새로운 시간을 주며

나에게 무엇을 기대했을까.

하는 생각이 불현듯이 난다.

얼마나 실망했을까

회한 가득 지나간 시간을 뒤돌아보며
올 새해는
미망을 떨치고 일어나
빗장을 풀어야겠다.

그리고
실망하지 않은 첫해이기를 다짐하며
새해 아침을 맞는다.

작은
성취감

✎ 장마가 잠시 물러갔다.

다시 힘을 키워 북상하겠지.

장마는 반드시 한반도를 거쳐 중국 동북지방 북쪽까지 이동해야 한다.

그것이 자연현상이다.

힘이 소진되면 잠시 쉬며 힘을 키워야 하는 것은 자연이나 인간이나 비슷한 것 같다.

젊음에는 힘을 키울 수 있는 시간이 주어진다.

그래서 축적된 힘으로 도전하고 성취한다. 도전이 실패로 끝나도 새로운 각오로 다시 힘을 충전시켜 과감하게 도전한다.

그리고 성취한다. 그건 인간승리의 가슴 벅찬 일이다.

그것이 젊음이다.

젊음에는 많은 시간이 주어진다. 젊음이 누리는 특전이며 특권이기도 하다.

내게도 힘을 키울 수 있는 재충전의 시간이 있을까. 새로운 것에 도전하고 실패를 두려워하지 않는 용기가 있을까?

이렇게 자신에게 반문해 본다.

시간은 누구에게나 주어지는 것. 그러나 현시점에서 시간은 누구에게나 공평하게 주어지거나 남아 있지 않다. 이미 많은 시간을 사용한 사람과 이제 막 시간을 사용하려는 사람과는 그 시간의 질과 양은 크게 달라진다.

세대에 따라 도전하는 목표와 실천 방법이 달라지고, 또한 실패, 성취도 각각 다르게 나타난다.

젊음과 노년의 차이점을 우리는 잘 알고 있다.

즉, 나이에 따라 무엇을 어떻게 할 것인가에 대한 차이다.

우리는 각각의 자신의 세대에 맞는 목표를 세우고 도전하려는 의지가 있다.

그것이 인간이다. 아놀드 조셉 토인비(Anold Joseph Toynbee, 1889~1975)는 인류 문명의 추진력은 도전과 응전의 상호작용이라고 말한 바 있다.

이 말을 한 개인에게 적용하면 어떨까.

개인의 성장과 발전은 도전과 응전의 상호작용이라고. 성장 과정에서 각자의 세대에 맞는 실천 가능한 목표를 갖고 도전하는 것이 중요하다.

젊음은 보다 장기적이고 큰 꿈은 갖고 도전하며 비록 실패한다 해도 재도전의 기회가 있다.

늙음은 시간에 맞는 소박하고 의미 있는 꿈을 갖고 도전하는 것이다.

늙음에도 꿈의 내용에 따라 재도전의 기회는 얼마든지 주어진다.

도전은 결코 시간의 양과 비례하지 않는다. 시간을 어떻게 사용하느냐의 문제다.

터무니없이 거대한 목표나 무지개 같은 이상보다는 현실적이고 실천 가능한 아주 사소하거나 작은 목표를 갖고 도전하며 성취해 나가는 것이다.

그것이 늙음이다.

늙음이 결코 도전의 기회마저 빼앗는 것은 아니다.

우리가 도전을 망설이는 것은 반드시 성공해야 한다는 부담과 실패에 대한 두려움 때문이다.

실패와 성공은 늘 언제나 우리 곁에 있는 것.

도전 그 자체에 의미를 둔다면 도전은 그렇게 어려운 것만은 아니다. 바로 그것이 자신의 삶을 바꾸고 세상을 변화시켜 의미 있는 결과를 가져오는 힘이 되기도 한다.

늘 도전하며 그리고 작은 성취에 만족하며 살아가는 늙음은 자기 삶을 사랑하는 사람이다.

어떤 이유에서든 실천하지 못했거나 미뤄왔던 작으나 귀중한 일들을 하나하나 조심스럽게, 차근차근 도전하며 실행에 옮겨보자.

그러면 세상을 크게 변화시키지는 못해도 자신의 삶을 의미 있게 변화시키고 완성시켜 나가는 아름다운 도전은 되리라.

그것이 생존의 의미다.

운명적 만남과
헤어짐

✎ "우리 만남은 우연히 아니야 그것은 우리의 바람이었어." 노래 가사이다.

우연이 아니고 바람이라는 말에 토를 달고 싶다.

많고 많은 사람 중에서 누구와의 만남은 우연이지, 결코 바란다고 되는 것은 아니다.

만나고자 하는 마음이 너무나 간절해서 이뤄짐을 강조하기 위한 말이리라.

남들은 다 우연히 만났지만, 자신들의 만남은 너무나 간절했기 때문에 만날 수밖에 없었다는 말로 해석되기도 한다. 즉, 우연의 반대말인 필연적인 만남이라 말하고 싶은 것이다.

그러나 그들의 만남도 아무런 인과 관계없이 뜻하지 않게 일어나는 현상으로, 수많은 사람 중에서 그가 원했던 사람을 우연히 만났을 뿐이다.

그렇다면 차라리 '그것은 우리의 바람이었어.'보다 '우리의 만남은 필연적이었어.'라고 말하는 것이 자신들의 만남을 더욱 의미 있게 강조하는 것이 아닐까.

한 걸음 더 나가 인과 관계로 설명, 즉 우리는 전생의 인연으로 반드시 현생에서 만나게 되어 있었다고 말하면 어떨까.

차라리 바람과 필연을 넘어 운명적인 만남이라고 강조되어야 하지 않을까.

운명적인 만남과 운명적인 사랑.

어떤 사람은 자신의 사랑을 운명적인 것이라고 말한다. 남들과는 달리 자신은 우연한 만남을 통해 사랑하게 된 것이 아니라 필연적으로 반드시 그렇게 되게끔 되어 있었다는 것이다.

그래서 나의 사랑은 열정적이고 변하지 않는 영원한 사랑이라는 듯이 곧잘 말하곤 한다.

단정적으로 말하기는 어렵지만, 운명적인 만남도 운명적인 사랑도 없다.

모든 사랑은 우연한 만남을 통해서 우연한 계기로 사랑하게 되고, 그 결과 결혼의 의미와 소중함을 깨닫게 된다.

나의 사랑이 운명적이면 다른 사람의 사랑도 운명적이다. 자신만이 운명적인 사랑을 한다고 말하는 것은 자기 사랑에 대한 지나친 자기도취다.

또한, 자신의 사랑이 다른 사람의 사랑과는 다르게 존중되어야 한다는 생각은 독선이다.

이런 생각을 해보자.

만남의 상대적인 단어로 헤어짐이 있다. 우연한 만남이 있다면 당연히 우연한 헤어짐도 있다.

어떤 우연한 계기로 서로 헤어진다는 것은 우리들에게 일상적인 일로 비일비재하며 너무나 자연스럽다.

따라서 사람들은 자신의 사랑이 운명적인 만남의 결과라고 말한다면 헤어짐을 어떻게 말할 것인가. 당연히 필연적인, 아니 운명적인 헤어짐이라고 말해야 한다. 하지만 자신들의 헤어짐을 운명적인 헤어짐이라고 말하지는 않는다.

왜 그럴까.

잘은 모르지만 모든 만남은 당연히 헤어짐을 전제로 한다. 따라서 운명적인 사랑은 운명적인 헤어짐을 전제로 해야 한다. 우연이건 필연적이건 또는 운명적인 사랑이건 간에 거기에는 반드시 이별이 뒤 따르게 되어 있다.

"회자정리, 거자필반(会者定離, 去者必返)"이란 말이 있다.

만남은 반드시 헤어짐이 정해져 있고, 떠남이 있으면 반드시 돌아옴이 있다는 뜻이다.

둘은 불가분의 관계이며, 지극히 자연적인 현상이다. 불교적 용어라기보다는 어찌 보면 자연현상이리라. 우주의 법칙일수도 있고, 신의 섭리일 수도 있다.

우리가 살아가는 동안에 만남과 헤어짐이 반복되는 되는 것은 그때그때 일어나는 현상에 불과하다. 그리고 유한한 생명을 가진 인간은 타인과의 헤어짐은 물론 자기 자신과의 영원한 헤어짐을 갖는 존재다.

우리는 그것을 죽음이라 한다.

어떠한 만남과 사랑도 잠시 완성되는 듯싶지만, 자연은 이를 소멸시키는 절대적인 힘을 우리에게 분명하게 행사한다.

우연히 태어나서 우연히 죽는 것이 아니라 우연히 태어나서 필연적으로 죽어야만 하는 운명을 우리는 갖고 있다.

운주사

𝓵 여름은 여름다워야 한다고 한다.

그러나 금년 여름은 짜증스럽도록 덥다.

웬일일까?

자연재해인가 인재인가?

자연의 순환기능이 인간에 의해 훼손되었거나 파괴되었기 때문이리라.

운주사, 뜨거운 태양 아래 모든 것이 정지한 듯 더위에 묻혀 있다.

절하면 높은 산 깊은 계곡에 위치하는 것이 일반적인데, 이 절은 전혀 그렇지가 않다.

평탄한 구릉지에 자리 잡은 절로 절에 간다는 느낌보다는 이웃집에 잠시 다니러 간다는 생각이 들 정도다.

고려 때 세워진 절로서 천불 천 탑을 세워 중생을 구도하고자 했던 도선 대사의 뜻은 알 수 있을 것 같다. 웅장하지도 화려하지도 않다. 그러나 21개의 석탑과 백열 분의 부처의 모습이 여느 절과는 사뭇 다르다는 생각이 든다.

그런데 부처님의 모양이 지금까지 내가 다른 절에서 보아왔던 모습과는 전혀 다르다.

단아한 모습도 아니고 경건하지도 않으며, 더더욱 엄숙하지도 않다.

불심을 자아내게 하는 모습과는 거리가 먼 부처님이다.

평범한 서민의 모습이다. 구수한 아저씨의 모습이며, 땀 냄새나는 농부의 순박한 표정이다.

길가다 어디서나 만날 수 있으며, 언제 어디서나 마음 편안하게 말을 건넬 수 있는 그런 평범한 우리 이웃의 모습이다.

그것은 내 모습일 수도 있고, 너의 모습일 수도 있다.

모든 부처의 모습은 우리를 닮은 모습이어야 하지 않을까?

부처님의 모습이 반드시 자비로워야 하고, 항상 보일 듯 말 듯 한 미소를 머금어야 하는 것은 아니다. 눈은 언제나 반쯤 뜨고 있지 않아도 된다.

잘은 모르지만, 부처님의 세계는 그래야 한다고 생각한다. 내 마음의 깨달음이 부처의 세계로 들어가는 길이라면 부처님의 모습이 그렇게 획일적으로 같을 이유가 없다.

깨달음의 세계는 누구에게든 평등하게 열려 있고, 도달할 수 있어야 한다.

내가 이상적으로 생각하는 불국의 세계는 다양해야 하며 다양한 깨달음의 방법을 통해서 부처의 이상세계로 들어갈 수 있어야 한다.

그래서 아마도 운주사의 그 많은 부처는 우리와 같은 모습을 하고 있는가 보다.

절은 깊은 산이나 계곡 등, 인가에서 멀리 떨어진 곳이 아닌 바로 우리 이웃에 있어야 한다.

그리고 부처님이 그렇게 크고 웅장하며 화려하기까지한 대웅전에 살아야 할 아무런 이유가 없다. 왜냐하면, 부처님이기 때문이다.

항상 우리의 이야기를 듣고 우리의 아픔을 감싸주고 우리와 함께 살고 있는 부처님이라고 생각했기 때문에 운주사는 우리를 닮은 부처를 조각했나 보다.

우리가 힘들고 괴로울 때 함께 괴로워야 하고, 기쁘거나 즐거울 때 입을 크게 벌리고 즐겁게 웃는 그러한 부처님이 되어야 한다. 우리가 삶의 고달픔으로 눈물을 흘릴 때, 부처의 눈에서는 피눈물이 나와야 한다.

왜냐하면, 부처님이기 때문이다.

석탑의 문양도 다른 절과는 다른 면이 있다. 현대적인 감각의 기하학적인 조형미에 관심이 간다. 왜 그랬을까?

전통적인 양식에서 벗어나 자유롭게 자기 생각을 표현한 석공의 마음을 읽을 수 있다.

화순의 운주사는 우리가 쉽게 찾아갈 수 있는 곳에 있다.

그래서 언제나 우리를 닮은 부처를 가까이에서 만날 수 있고, 또한 석탑의 기하학적인 문양도 우리의 관심을 끌기에 충분한 절이다.

평범한 부처님 상을 통해 누구나 곧 부처가 될 수 있다는 평범한 진리에 의지하고 싶다.

하늘을 향해 땅에 누워있는 와불이 일어나면 미륵불이 도래할 것이라는 운주사를 뒤로하고 땅과 태양이 맞닿아 뿜어내는 열기 속에 운주사를 떠난다.

그물망

요즘
까치는 해조인가 보다.
매년 숫자도 늘어나

과일마다 쪼아대고, 요즈음 나비까지 거든다.
수확기에 거의 빈손이다.

좀 훼손하면 어떠랴 싶어
애초에 그물을 칠 생각은 없었지만
피해가 심해
올해는 부득이 그물을 치기로 했다.

그물망에 덮인 새 가지들이
제대로 자라지 못하고
그물 안에 갇혀 이리저리 휘어진다.

그 모습이 너무 안쓰러워
오늘
그물을 모두 걷어냈다.

그동안 마음을 덮고 있던
일상의 그물도 활짝 걷어냈다.
홀가분하고 새롭다.
나와 나무는
자유롭게 높푸른 하늘을 날고 있다.

덩달아 까치와 나비도

초겨울의
비닐하우스

✎ 비닐하우스 안이 몹시 춥다.

바람만 막아 줄 뿐 밤이 되면 밖과 안의 기온 차이가 별로 없는 것 같다.

비닐하우스에 짧은 해가 넘어간 동짓달의 밤은 너무 춥고 지루한 긴 시간이다.

찬바람을 타고 눈발이 심하게 날리는 날이면 더욱 춥고 을씨년스럽다.

웅숭그리고 앉아 있는 내 모습을 보며 스스로 청승맞다는 생각이 든다. 그럴진대 다른 사람은 더하리라.

그렇다고 좁은 방에 갇혀 하릴없이 시간을 보내는 것은 더 큰 고역이다.

그래서 하우스 한가운데 나무를 때는 장작 난로를 설치했다.

연통을 사다가 몇 시간 걸려 겨우 설치를 끝냈다.

불을 지핀다.

장작 타는 소리와 연기 냄새, 실로 얼마 만인가? 음악적이다. 향기롭기까지 하다.

작은 연통으로 쉼 없이 나오는 연기를 바라보며 멍하니 한참 서 있다. 뭐라고 표현해야 할까.

폴폴 나오는 연기가 선을 그으며 하늘로 올라가는 모습이 신기하다. 피난 시절에 겪은 농촌생활에 대한 아련한 향수에 젖게 한다.

하우스 안이 따뜻해진다.

몸과 마음도 온기에 여유가 생긴다. 주전자에서 물 끓는 소리가 참으로 정겹다.

힘차게 올라오는 김이 하우스 안을 포근하게 감싸준다.

바람이 심하게 분다. 비닐 천정이 펄럭이고 나뭇가지에 부딪히는 바람 소리는 하우스 안을 더 따뜻하고 안온하게 한다.

이럴 때 커피가 있으니 얼마나 멋스러운가? 코와 입으로 향과 맛이 젖어든다.

아내도, 다른 사람들도 겨울에 무슨 할 일이 있다고 농장에 가느냐고 불평 아닌 염려를 하지만, 나는 할 일이 많다.

내가 이곳을 찾는 이유 중의 하나는 자연 속에서 자유롭고 혼자이고 싶어서다.

잠시일지라도 언제 어디서 누구나 쉽게 누릴 수 있는 일상의 행복은 아니다.

그렇다고 흔히 말하는 고독을 좋아해서도 아니다

알고 모르고를 떠나 사람들과 피부를 맞대고 부대끼면서 호흡하는 것이 내 삶의 기본 명제다.

혼자가 곧 고독은 아니며, 혼자 있어도 외롭지 않을 때가 있다.

다른 하나는 땀 흘리는 노동이 있기 때문이다.

나의 노동은 생계를 위한 노동이 아니라 노동 그 자체를 위한 노동이다.

땀을 통해서 의미 있는 삶의 무게와 깊이를 더 할 수 있지 않을까 하는 기대도 있다.

나의 노동은 오직 나만의 공간을 만들기 위한 작업일 뿐이다.

그리고 그 공간은 자유를 바탕으로 하고 있다. 간섭이 없는 나만의 자유를 누릴 시간과 공간이 필요할 뿐이다.

나의 이런 생각을 웬 사치스러운 말이냐고 비아냥거려도 마땅히 변명할 말도 없다.

그러나 몸과 정신을 끝없이 사용해야 한다. 할 일 없이 시간을 낭비하고 싶지는 않을 뿐이다.

잠시 추상적인 감상에서 벗어나 앞으로 해야 할 일들을 생각해 본다.

가을걷이를 하고 방치해 둔 잔해들을 정리하고 나무에 거름도 주고, 장미는 짚으로 싸매주고 농기구도 챙겨야 한다.

봄을 위한 준비도 소홀히 할 수 없으니 농장일은 이래저래 끝이 없는 노동의 연속이다.

여기 태양과 구름과 바람, 그리고 음악과 커피향이 있어 난로 가에서 소박한 내일을 꿈꾸며, 자유와 노동 그 다음에 올 그 무엇인가를 기대하며 깊어가는 겨울밤을 홀로 보내고 있다.

그리고 시간과 함께 변화된 농장의 모습은 어떤 것일까를 상상해 본다.

이렇게 일하려는 의지와 건강을 준 자연에게 하늘을 우러러 감사한다.

나의 첫
산행 설악산

✎ 1964년 여름 대관령 답사를 마치고 3명이 함께 설악산을 오르기로 했다.

장마철이라 간단없이 내리는 비가 산행에 방해가 되리라는 것은 예상 못한 것은 아니지만, 기회라 생각하고 설악동에 이르렀다. 이슬비처럼 내리던 비가 어느덧 굵어진 빗줄기로 변해 계곡바람을 타고 더욱 세차게 쏟아진다.

장마철이라 그런지 관광지답지 않게 한적하다.

얼마를 기다렸을까, 구름은 더욱 낮게 가라앉고 비는 그칠 기미가 보이지 않는다.

속초로 다시 나와 오색까지는 새로 개통된 도로를 이용하고 오색에서 용대리까지는 옛 소로를 따라 한계령을 넘기로 했다.

오색까지의 새 도로는 개통된 지 얼마 되지 않은 데다가 비포장이다. 경사가 급하고 비까지 내리니 도로는 미끄럽고 버스는 낡았으니 언덕길에서 힘에 부치면 승객들은 모두 내려 걷기가 몇 번인가?

어렵게 남설악 오색에 도착했다. 비는 그쳤고 구름이 산허리를 감싸고 있다. 여기서부터 한계령을 넘어 내설악 용대리까지는 약 16km라 한다.

여기서 끝내야 하는데, 말리는 식당주인을 말을 들어야 했는데, 무모하게 한계령을 넘어 용대리까지 가기로 했다.

그래도 처음은 걸을 만했다.

그러나 비에 씻겨 길도 분명치 않고, 세차게 쏟아지는 비에 정신을 차릴 수가 없다.

길을 가로막고 쓰러져 있는 고목나무를 타고 넘기를 몇 번씩 하면서 얼핏 머리에 떠오른 단어는 '아, 원시림이란 이런 데를 말하는가 보다'.

악천후 속을 뚫고 드디어 한계령(1,004m) 정산에 올라섰다.

나무와 산봉우리와 계곡과 그리고 우리 세 사람이 모두 구름 속에 갇혀 있다.

비는 그쳤지만, 추위에 몸이 덜덜 떨리고 이가 맞부딪힌다. 생전 처음 겪는 일이다.

무모했다.

처음부터 등산을 위한 복장이나 장비가 아니었고, 평상복에 군용 판초가 고작이다. 등산 장비가 없던 시기였고 있다면 모두가 군이 사용하는 군용 장비가 전부다.

그동안 단 한 번의 산행 경험도 없이, 설악산을 장비도 없이 오직 젊은 혈기만을 믿고 무리하게 산행을 시도하다니.

이렇게 무모할 수 있을까. 오만에서 오는 만용이다.

몇 번인가 길을 잃고 당황해서 여기저기 허둥대다 체력을 많이 소모한 데다가 고도에 따른 저온 증상이 생명을 위협한다는 사실도 몰랐다. 준비된 간식도 없고 거기다가 조난당했다고 구조를 요청할 수 있는 곳도 아니다.

또한, 상황을 판단해서 오색으로 되돌아오는 것이 가장 현명한 방법인데, 그때는 왜 그 생각을 하지 못했는지. 이 또한 젊음과 무경험에서 오는 만용이 빚은 결과다.

모든 여건이 조난당하기에 꼭 알맞은 산행이다.

하산을 한다. 빗줄기가 가늘어 지고 간간이 구름 사이로 봉우리들이 나타
난다.

날씨가 좋아지려나? 안도감에 발걸음도 가벼워진다.

이때 갑자기 불쑥 나타난 군이 2명. 총을 겨누며 "손들어!" 소리친다. 얼떨
결에 양손을 높이 쳐들었다.

"누구냐?"

"등산객입니다."

양손을 든 채 우리는 군 막사가 있는 병영으로 들어갔다.

군 막사가 5~6개 정도로, 나중에 들은 이야기지만, 군 장병들은 2박 3일
로 외부에서 훈련 중이고, 중사 한 명과 사병 2명이 지키고 있다고 한다.

빗속에 길도 분명치 않은 한계령을 어떻게 넘었느냐 말과 함께 우리를 더
욱 놀라게 한 것은 그 지역에 공비들이 자주 출몰한다는 것이다. 1964년도
는 냉전시대였고, 북한과 날카롭게 대치하고 있었던 시기다.

6·25 전에 설악산은 북의 땅, 휴전 이후에 우리 땅으로 편입된 곳이다.

신원 확인 끝나고 막사에 들어가 젖은 배낭을 풀었다. 막사 안은 따뜻했
다. 난로에서는 주전자에 물이 끓고 있다. 안도감 때문인지 피로가 한꺼번에
몰려온다. 야전 침대에 누워 잠이 들었다 보다.

얼마나 잤는지 일어나라는 소리에 잠이 깼다.

저녁 식사 준비가 돼 있었다.

내설악의 밤은 깊어가고 빗줄기는 여전한가 보다. 바람이 세차게 불어 막
사를 흔든다.

그래도 막사 안은 따뜻하고 병사들은 우리 나이 또래라 많은 이야기를 나
눴다.

다음 날 아침, 비는 내리지 않지만 낮게 깔린 구름이 한계령을 감싸고 있다.

어려울 때 우리에게 잠자리를 제공해 준 군인들에게 감사의 마음을 전하고 용대리로 떠났다.

내 생애 첫 등산이었으며, 호된 신고식을 치른 산행으로 오래 기억될 것이다.

• 1968년 인제군 용대리에서 한계령을 넘어 양양까지 군용도로로 개통되었다.

부사 '가까스로'

어느 시인의 글에서
부사 '가까스로' 한 단어에
부질없이 빠져든다.

가까스로 인간이 되었으니
이는 다행인가, 불행인가.

인간이 되지 못했으면
지금
행, 불행의 경계를 넘나들며
무엇이 되어
어디에 있을까.

겨우 인간의 형체를 갖추었으니
눈치 없이 기뻐할 일은 아니다.

이곳, 인간됨의 가장 낮은 곳에서
그 경계를 오가며
생존은
존재 의미마저 의심케 하지만

어떠하든 사유하는 존재로서
인간, 다행이다.

나만의 세계가 있음에 자유의지를 앞세워
나는
거침없이 사람됨의 길을 가고 있지
않은가?

영화
이야기

✎ 영화 이야기라면 나도 한 몫 끼어들 만하다.

영화를 몹시 좋아하기 때문이다. 연극영화과의 지원서도 낸 적이 있으니까.

그렇다고 내가 배우가 되고자 하는 생각은 전혀 없었다. 내 성격에도 맞지 않았을 뿐만 아니라 타고난 배우로서의 재능이나 신체적 조건도 맞지 않기 때문이다.

단지 영화가 진정 좋았을 뿐이다. 좋아한다고 해서 누구나 다 배우가 될 수 있는 것은 아니다.

단지 영화평론가가 되고 싶었을 뿐이다.

신문에 영화평론을 쓰시는 『조선일보』의 정영일 씨 같은 평론가가 되고 싶었다.

내가 알기로는 영화평론을 전공하신 분은 아닌 것으로 알고 있다.

나는 정말 그분한테 매료되었다.

영화를 종합예술이라고 한다. 그분은 예술의 모든 것을 다 갖춘 분이라는 생각이 든다.

특히 음악과 미술에 조예가 깊은 분이다.

배경음악이 무엇이며 작곡자의 프로필까지 소개한다. 미술도 마찬가지다. 한국화와 서양미술사에도 관심이 많은 분이시다.

그분의 해설이나 평을 몇 번씩 읽으며 나도 그분과 같은 영화평을 쓰고 싶었다.

그분을 실제로 만난 적은 없다. 가끔 신문에 사진이 실린 때도 있지만, 그분의 모습을 생생하게 접하게 된 것은 TV가 보급되면서부터다. 토요일 『명화극장』 시간에 시그널 음악과 함께 그분이 나와서 해설을 하기도 했다.

검은 테의 안경을 쓰고 티셔츠 차림으로 차분하게 오늘 밤 상영할 영화에 대한 짧은 해설을 한다. 평생 넥타이를 맨 적이 없다고 한다. 세상을 떠났을 때 그 분에게 따님 한 분이 있다는 것이 내가 알고 있는 사생활에 전부다.

누군가 그분에 대해 이런 글을 읽은 적이 있다. 단 한 줄만 기억이 난다.

그는 이 시대의 마지막 휴머니스트라고 평했다. 맞는 말인 것 같다.

그 후 국내외 영화를 전공한 분들의 해설도 읽었지만, 그분에 대한 절대적인 호감 때문인지 그분의 평이나 해설에 못 미치는 것 같다.

중학교 2학년 때부터 영화를 보기 시작했다.

최준식, 같은 반으로 졸업 후 소식이 두절되었지만, 경쟁적으로 영화관을 찾았다.

앞뒤로 앉아 영화 이야기로 시간 가는 줄 몰랐으니까.

안정효의 소설 『할리우드 키드의 생애(1992년)』에 작가가 본 영화 700여 편이 되는데, 나도 하나하나 체크하면 셈해보았는데 그 정도는 되지 않을까 생각한다.

고교 시절에는 정말 심할 정도로 영화에 몰입했다. 일주일에 한 번, 시험 기간 중에 일찍 끝나면 곧바로 극장을 찾았다.

때로 영화의 한 장면이 머리에 떠올라 시험 공부에 방해가 되곤 했다. 그러다 보니 내 많지 않은 용돈은 영화 보는 데 다 쓰고도 부족했다.

해결 방법은 조금 입장료가 싼 재상영관을 찾는 것이다

그러나 나는 주로 개봉관 전문이지, 재상영관은 피했다. 왜냐하면, 재상영관은 경찰이나 학생부 선생님들의 단속이 개봉관보다 더 심했다.

학생 입장이 가능한 곳에 가도 적발되면 정학은 물론 게시판에 이름이 올라오기도 한다. 다행히도 나는 한 번도 단속에 걸린 적이 없다.

대학 때는 물론 직장에 다니면서부터는 마음 놓고 더 자주 극장 문을 두드렸다.

내 영화에 대한 집착은 지금도 별로 변하지 않았다.

나는 주로 혼자 찾았다. 주변에 영화 관람을 좋아하는 사람도 없을뿐더러 누가 옆에 있으면 영화에 집중이 안 되기 때문이다.

전에는 주로 신문 하단을 메운 영화 광고를 통해서 영화에 대한 정보를 얻는 게 전부였다.

지금은 TV나 인터넷 또는 모바일에서, 아니면 영화전문 채널이나 잡지를 통해서 영화에 대한 다양한 정보를 쉽게 얻기도 하고, 보기도 한다.

물론 영화관도 자주 찾는다. 가까운 곳에 CGV가 있어 요즘은 아내와 같이 가는 경우가 더 많아졌다.

장르를 가리지 않고 본다. 시대 흐름에 따라 내 영화 취향도 많이 달라졌다.

멜로나 서부영화에서 첩보나 액션물로, 물론 예술성 높은 영화도 마다치 않는다.

최근에는 TV에서 과학이나 문학과 예술에 관련된 것 그리고 여행에 관한 다큐멘터리에 푹 빠져 있다.

파키스탄의
샹그릴라

      ✎ 2004년 7월 파키스탄 라호르에서 간다라지방을 지나 다시 캐라코람 하이웨이를 따라 페사워르, 훈자, 히말라야를 넘어 중국의 카쉬카르 – 우르무치 – 투루판 – 둔황 – 시안에 이르는 25일간 실크로드를 여행한 적이 있다.

  18명이 9명씩 2대의 소형 버스로 문명의 발생지인 인더스 강(2,900km)의 문명을 따라 호기심 가득, 흥미롭고 의미 있는 역사 기행이었다.

  도중에 히말라야, 힌두쿠시, 캐라코람 산맥군의 만년설을 보며, 훈자마을을 지나 파키스탄과 중국을 경계 짓는 4,777m의 쿤자랍 패스를 넘었다.

  가이드의 말에 의하면 파키스탄의 페샤와르에서 칠라스로 가는 도중에 높은 고개가 있는데 그 아래 계곡에 샹그릴라가 있다고 한다.

  샹그릴라(shangrila)!

  샹그릴라는 티베트불교에 전승되어 내려오는 신비의 도시 샴바라(shambhala)에서 유래한다고 한다. 우리나라 말로는 이상향이라 번역된다. 이 말이 사람들의 입에 회자되기 시작한 것은 제임스 힐튼(James Hilton, 1900~1954, 영국)의 소설 『잃어버린 지평선(lost horizon 1933)』에 나오는 이상향을 출발로 하고 있다.

  제임스 힐튼의 샹그릴라, 도원명의 도화원기에 나오는 무릉도원은 인간이 오랫동안 꿈꿔온 이상향이다.

칠라스로 넘어가는 고갯마루에서 파키스탄 가이드는 이런 말로 우리 일행을 긴장시킨다. "곧 우리는 샹그릴라를 계곡을 보기 위해 잠시 이곳에서 휴식을 하겠습니다."

하지만 그곳은 오가는 화물차의 쉼터로 차량을 정비하고 약간의 간식과 빵을 굽는 상점이 하나 있을 뿐이다.

고갯마루에서 볼 수 있는 광경은 굽이쳐 흐리는 히말라야 산맥의 수많은 산봉우리와 계곡들이다. 바로 그 계곡에 이상향이 있다고 한다.

발아래로 엷은 안개에 가린 골짜기가 아득히 펼쳐져 있고, 그 아래 누구나 한 번쯤은 꿈꾸어봄 직한 이상향이 있다고 한다.

왠지 가슴이 떨리고 곧 그리로 달려가고 싶은 충동이 인다. 저 계곡 아래에 마을이 있다고 말하는데, 보이지 않는 그곳에 정말 이상향이 있을까? 가이드의 말을 믿어도 될까?

그런데 고갯마루에서 내려다보면 그 말이 영 믿어지지 않는다. 있다면 어떤 모습일까?

나 홀로 이런저런 상념에 잡혀 산 아래 계곡을 굽어본다.

사람들은 이상향을 꿈꾼다. 누구나 자기가 바라는 이상향을 갖고 있다. 오늘의 우리가 그 꿈에 매달리는 것은 팍팍한 삶이 너무나 힘들고 지쳐있기 때문이 아닐까.

고단하고 상처받은 몸과 마음을 맡기고 편안히 쉴 수 있는 곳, 샹그릴라!

삶이 고달플수록 우리들의 마음속에는 더욱더 그곳에 대한 욕망이 강열하리라.

사람들은 어떤 이상향을 상상하고 있을까. 그리고 내가 바라는 이상향은 어떤 것일까?

자신이 현재 처해 있는 상황에 따라 아마 모두 다를 것이다.

실제로 이상향은 지구상 어디에도 존재하지 않는다.

이상향이 있다고 믿으면 그곳에 이상향이 있는 것이 아닌가.

이런 생각을 하며 돌아서려는데 언제 어디서 나타났는지 한 소녀가 나무 아래서 나를 올려다보고 있는 것이 아닌가.

남루한 옷차림이지만 단정히 빗어 내린 검은 머리와 오뚝한 콧날에 크고 검은 눈동자를 가진 소녀였다.

분명 계곡 아래 샹그릴라에 살고 있는 소녀이리라. 아니 그렇게 믿고 싶었다.

내가 웃으며 손을 흔들자 수줍은 듯하더니 이내 입가에 잔잔한 미소가 번진다.

아! 그 소녀의 미소 속에 이상향이 있다. 소녀의 마음속에도 호수처럼 잔잔한 소녀의 미소 속에 우리가 꿈꾸던 이상향이 있는지 모른다.

이상향, 어디에나 있고 누구에게나 마음속에 있다.

눈에 보이지 않는 곳, 내 마음속에, 당신의 마음속에 모두의 마음속에 우리가 꿈꾸는 이상향이 있다.

단지 우리가 모르고 있을 뿐.

어련히 알아서

죽음이
제 알아서 어련히 찾아올까
벌써부터 죽음을 말하는가
인간의 영역이 아닌데

죽음은
언제 어디서나 늘 우리와 동행하니
재촉하듯 급급해 하지 말고
그냥 조용히 기다리자.

자연 현상이니 호들갑 떨 이유도
인간의 무기력을 탓할 일도 아니다

하지만 요즘 들어
무심코 죽음에 대해 많은 생각을 한다.
나이 듦이 이처럼 무서운 것인가.

멀리, 가까이해서도 안 될 것이
죽음인 것 같다.
멀리하면 교만해지고 가까이하면 불안하고

그러니 죽음을 잊고
오늘은 오늘대로 내일이 오면 또 오늘처럼 살자
내일이 오지 않는다 해도
살아 있듯이 그렇게 가면 된다.

내가
아니다

          ✎ London 대학 사회학과 캐서린 하킴 교수의 Erotic capital, 즉 매력자본에 대한 짧은 글을 읽었다.

erotic이 매력으로 번역되어서 사전을 찾아봤지만, 매력으로 번역된 것은 없다.

보다 넓게 해석한다면 이해가 안 되는 것도 아니지만 매력자본이란 잘 생긴 외모가 아니고 유모감각, 활력, 세련됨, 상대를 편안하게 하는 기술 등, 즉 다른 사람의 호감을 사는 멋진 기술을 말한다고 한다.

나이가 들어도 쇠퇴하지 않고 더 좋아진다고 한다.

호감을 사는 방법을 요약해서 말하면

    1. 일부러라도 자주 웃자.

    2. 이러쿵저러쿵 따지지 말자.

       불평불만을 터트리지 말고 웬만한 것은 양보하며 웃어넘기자.

    3. 품격 잃는 짓은 하지 말 것.

       삼갈 것은 확실히 삼가라. 음식은 깔끔히, 술 마신 후 해롱대지 말고, 하고픈 말이 있더라도 중요한 것이 아니라면 가급적 하지마라. 유행을 외면하지 말고 외모도 가꿔라.

    4. 사랑으로 충만할 것.

       사랑의 마음으로 모든 것을 보라. 인생을 관조하면 너와 내가 모두

불쌍한 존재임을 깨닫게 된다. 그러면 목에 힘이 빠지고 표정이 따뜻해지고 따사로워진다.

5. 오늘을 만끽하라.

왕년에 '내가' 하지 마라. 미래를 걱정하지 마라. 노인에게는 내일이란 없다. 오늘에 최3선을 다하고 즐겨라. 그러면 당신에게 모든 사람이 호감을 갖게 되며 곧 그것이 노년을 잘 사는 것이다.

루스벨트 대통령의 부인 에레나 여사가 한 말로 끝은 맺는다.

"아름다운 젊음은 자연현상이지만 아름다운 노년은 예술작품이다. 어제는 역사이고 내일은 미스터리이며, 오늘은 선물이다."

나는 호감을 사는 어떤 기술을 갖고 있을까?

곰곰이 생각해보다 내린 결론은,

1. 자주 웃으면 내가 아니다.

남이 웃겨도 웃지 않고 잘 참는 편이다.

2. 따지지 않으면 내가 아니다.

불평을 하며 상대방에게는 분명히 짚고 넘어간다. 양보보다는 양보받고 싶다.

3. 품격이 있으면 내가 아니다.

삼갈 것과 그렇지 못할 것을 잘 구별 못 한다. 품격이 밥 먹여주나.

4. 사랑이 충만하면 내가 아니다.

인생을 관조할 마음의 여유도 없고, 사랑받는데만 익숙하고 사랑주는 데는 인색하다.

5. 오늘을 만끽하면 내가 아니다.

과거와 미래에 지나치게 집착하며 오늘을 잊고 산다.

이렇게 생각하니 슬프게도 내 Erotic capital 점수는 0에 가깝다.

왜 이렇게 살았는지 모르겠다. 후회해도 소용없지만 그런 후회도

하지 않으면 내 삶에 대해서 또 다른 잘못을 저지르고 있다.

- 캐서린 하킴 교수의 다섯 가지에 나는 한 가지를 더 추가해 본다.

6. 꿈과 자유.

그렇지만, 정말 그렇지만 꿈과 자유를 잃는다면 내가 아니다.

모닥불의 연기와 불티

　　　✒ 낮은 영상의 기온이지만 밤이 되면 때로 영하로 떨어지는 3월 초순의 기온.

입김이 하얗게 묻어나는 초봄의 밤이다. 앙상한 참나무 가지에 반달이 고스란히 걸려 있다.

우수와 경칩이 지났으니 한 보름 정도만 지나면 낮이 밤보다 길어진다는 춘분이다.

얼마 있으면 개구리 우는 소리가 논바닥에 어지럽게 흩어질 것이다.

모닥불을 지펴 시린 발을 녹인다. 지난해에 전지한 포도, 사과, 복숭아 가지를 모아 태운다.

바싹 마른 나무가 빨간 불꽃을 내며 어둠을 뚫고 타오른다.

찬바람에 너울너울 춤추듯 빨간 불꽃이 일렁인다.

참 아름답다. 헤아릴 수 없이 많은 불티가 마치 별이 되어 하늘로 오르는 듯하다.

한여름 밤, 모닥불을 뒤적이며

"할머니, 이 불티는 어디로 가요?"

"불티는 하늘로 올라가 별이 된단다."

혹시 요즘도 이런 말을 믿는 어린이가 있을까?

밤에 모닥불을 지피면 타오르는 불꽃이 아름답다. 어둠을 배경으로 한 불꽃이기 때문에 더 밝고 선명하다.

바짝 마른 나무를 태우면 연기는 거의 나지 않고 선홍색의 불꽃만 너울댄다. 바람이 불면 부드러운 곡선을 그리며 춤추듯 어둠 속을 걸어 나온다.

그러면 주위가 밝아지며 몸에 그 열기가 따뜻하게 스며든다.

그래서 연인의 품속처럼 느껴지기도 하며 때로 모닥불은 연인들의 마음과 마음을 이어주는 그들만의 사랑의 언어가 되기도 한다.

그러나 밤과 달리 낮의 모닥불은 그 느낌부터가 다르다. 밝은 햇빛에 가려 불꽃은 밤과 같이 그렇게 선명하게 드러나지 않는다.

한낮의 모닥불은 불꽃보다는 연기가 더 감성적이고 서정적이다.

바람이 불지 않는 날, 모닥불에서 하얀 연기가 피어오르면 주변의 모든 것이 사랑스럽고 평화스러워 보인다.

세상을 달리 보이게 하는 신비한 힘을 갖고 있다.

사람들은 인생을 아침 이슬로 또는 연기와 같다고 말한다. 그래서 삶의 무상함을 말하며 슬퍼하기도 하지만, 역설적으로 그래서 더 아름다운지도 모른다.

그러나 연기는 해가 뜨면 사라지는 아침 안개와는 다른 정서가 있다.

서서히 선을 그으며 하늘로 오르는 연기는 세상의 모든 잡스럽고 욕된 것을 정밀한 세계로 이끈다. 어느 계절 가릴 것이 없이 바람이 없는 날, 모닥불의 연기를 보고 있으면 아주 먼 옛날 꿈에 그리던 고향에 돌아온 것 같은 생각이 든다.

지금은 볼 수 없는 광경이지만 초가집 굴뚝에서 나오는 연기는 평화스러움 그 자체다.

지금부터 약 100년 전쯤 외국인의 초가지붕 굴뚝에서 피어오르는 연기와 숭늉 맛을 알게 될 때 비로소 우리의 정서를 이해하게 된다고 한다.

지금은 초가지붕의 굴뚝도 없고 숭늉도 없으니 무엇으로 한국인의 정서를 이해하게 될까?

어린 시절 하늘로 올라간 연기는 구름이 된다고 생각을 한 적이 있다.

무수한 불티가 소나무 가지를 지나 밤하늘에 오르면 별이 되듯, 연기가 바람에 실려 하늘로 오르면 구름이 되는가 보다.

어디선가 뒤늦게 북으로 가는 기러기 우는 소리가 들린다. 바람이 인다. 한겨울 바람과는 달리 참을 만하다.

정말 잊고 있었던 소리다. 온갖 공해와 소음으로 가려진 도시의 하늘에서 기러기의 소리를 들은 수 없다. 어찌 보면 너무나 당연한 일인지도 모른다. 숨쉬기조차 힘든 도시의 하늘을 피해 날아갔기 때문이다.

북으로 가는 기러기 인가보다. 아직 겨울이 머물고 있는데.

뒤처진 몇 마리의 기러기가 참나무 가지 사이로 울음소리를 남기고 가물 가물 사라진다.

오늘 밤은 어디서 피곤한 날개를 접고 쉬어갈까?

밤은 깊어간다. 모닥불은 서서히 불꽃을 잃어간다.

나도 이제 내일을 위해 잠자리에 들어야겠다. 나뭇가지에 걸린 차가운 달 빛만이 홀로 농장을 지키고 있다.

마음속에 봄은 이미 와 있지만, 산과 들은 아직 한겨울이다. 남쪽 해안지 방의 봄소식이 가끔 전해지기는 하지만 아직 이곳의 봄은 저만치 있다.

1969년의
약속

✎ 십여 년 전, 현재 사는 집으로 이사와 여기저기 흩어져 있던 사진을 정리하다, 흑백 사진 한 장을 발견하고 깜짝 놀랐다.

1968년, 한창 무더위가 기승을 부리던 8월 초. 나는 혼자 배낭을 메고 저녁 8시 포항 부두에서 울릉도행 배에 올랐다. 다음 날 이른 새벽에 울릉도 도동항에 내렸다.

성인봉을 왼쪽에 두고 바닷길과 산길을 따라 울릉도를 일주하기 위해서다.

북면 삼선암을 지나 천부 쪽으로 가다 바닷가에서 놀고 있는 5, 6명의 초등학생과 마주쳤다.

내가 먼저 말을 건넸을 텐데 무슨 말을 했는지 생각은 나지 않는다.

그러나 밝고 구김살 없는 아이들의 모습이 어렴풋이 남아 있을 뿐이지만, 그 날 그 주변의 풍경만은 지금도 너무나 선명하게 머리에 떠오른다.

지금은 일주 도로가 포장되어, 정기적으로 버스가 다닌다는데 그 당시 울릉도에는 바퀴 달린 어떠한 운반수단도 없었다. 자동차는 물론이고 자전거, 리어커도 없을 때였다.

오직 교통수단이라고는 이틀에 한 번씩 포항을 오가는 여객선 한 척과 포구와 포구를 이어주는 어선들이 고작이던 시기다.

해안선을 따라 자갈길, 그것도 각진 돌이라 걷기가 힘들었지만 그래도 파도와 하늘과 시원한 바닷바람에 참고 걸을 만했다.

길 왼편은 바위가 무너져 내린 가파른 벼랑, 오른편은 바닷가 길을 따라 큰 바위들이 듬성듬성 놓여 있고 아이들은 바위에 걸터앉아 재잘대며 놀고 있었던 것으로 기억된다.

기억은 분명치 않지만 아마 이런 대화가 오갔을 것이다.

"얘들아, 여기서 천부까지 얼마나 더 가면 되지?"

"아저씨, 한참 가셔야 돼요. 그런데 어디서 오셨어요?"

"서울서 왔어, 너희들은 어느 학교에 다니지?"

"아저씨, 사진 한 장 찍어 주실래요?"

"그거 좋지. 너희들도 찍어 주고, 나하고도 같이 찍자."

그래서 사진도 같이 찍었을 것이다.

왜냐하면, 그들과 함께 찍은 사진이 지금 남아 있기 때문이다. 그리고 사진을 보내주기로 약속하고 학교 이름을 적었는데 불행히도 그 쪽지를 잃어버렸다.

그래서 그들과 약속을 지키지 못했다.

물론 이것은 변명이다. 얼마든지 사진을 보낼 방법은 있었다. 동네 주변의 학교가 분명하기 때문에 학교 이름을 알아내 약속을 지킬 수 있었다.

그러나 나는 쪽지를 잃어버렸다는 그 이유로 사진을 보내지 않았고, 심지어는 그들을 까맣게 잊고 있었다.

아마 그들은 큰 기대를 걸며 개학 후에 받을 사진을 머리에 떠올리고 있었을 것이다.

지금은 카메라 종류도 많고 흔하며, 인증사진 찍는 일 외에는 별 관심이 없지만, 그 당시 섬 사람들이 카메라를 갖기에는 어려울 때였다. 어쩌면 그들 중에는 백일이나 돌 사진을 빼고는 자신의 모습을 담은 사진을 보기도 쉽지 않았을 것이다.

사진을 분명히 보내주겠다고 약속하고 학교 이름까지 적어간 그 아저씨를 기억하며 기다렸는지도 모를 일이다.

그런데 그들의 천진한 기대감을 무너트렸으니 참 실없는 나쁜 아저씨라고 실망했을 것이다.

30여 년이 지난 지금, 이제는 장년이 된 그들이 삼선암 부근에서 사진을 찍어 주던 어느 낯선 아저씨를 기억하고 있을까. 아직도 그 곳에 살고 있을까?

언제가 나는 미안한 마음으로 사진을 들고 그곳으로 찾아가 사진 속의 아이들을 만나고 싶다.

아, 이 또한 지킬 수 없는 약속을 나한테 하고 있는 것은 아닌지?

그러나 진정 내가 바라는 것은

그날 이후 그들의 기억 속에 내가 까맣게 지워졌기를 바랄 뿐이다.

효석
문화제

𝟙 초가을, 봉평에서 열리는 효석 문학제를 보기 위해서 아내와 함께 아침 일찍 출발했다.

장평을 지나 봉평이 가까워지자 여기저기 현수막이 보인다. 왠지 가슴이 설렌다.

이 문학제에 참석은 처음이기 때문이다.

봉평은 너무나 많이 변해 있었다. 하긴 한 세대가 지난 이제 그 당시와 현재를 비교한다는 것은 무리라는 생각이 든다. 그래도 여기저기 펼쳐진 메밀꽃을 보면서 변화에 대한 실망을 다소나마 위안을 받는다.

'소금을 뿌려 놓은 듯' 하얗게 핀 꽃을 보면서 한 작가의 고향과 소설 속의 무대가 이토록 사람들에게 관심을 끄는 것이 놀라웠다.

강원도의 작은 산골 동네에 이처럼 많은 사람으로 법석대는 데는 그만한 이유가 있는 것 같다.

효석의 생애와 그의 작품에 대한 애정이 오늘을 사는 우리의 마음속에 깊게 뿌리내리고 있음을 보여주는 것이리라.

자연에 대한 향수와 인간의 에로티시즘의 심미주의적 작가라는 평을 받고 있지만, 보통의 우리들에게 가산(이효석의 호)은 다른 의미로 다가온다.

『메밀꽃 필 무렵』의 단편에서 에로티시즘보다는 토속적인 향기와 핏줄에 대한 어쩔 수 없는 우리들의 끈끈한 민족적 유전인자의 힘을 새삼 발견하게 된다.

가산에 대한 문단의 평이 어떻든 간에 그것을 떠나서 사람들은 메밀꽃과 향토색 짙은 이 작품을 좋아하고, 아련한 향수와 함께 작가에 대한 애정이 이곳을 찾게 하는 이유가 아닐까 하는 생각을 잠시 해보면서 아내의 동의를 구하는 눈길을 보낸다.

축제의 거리에 들어섰다.

그러나 이 행사를 지나치게 상업적으로 이용한다는 생각이 든다.

물론 상업적인 요소들을 완전히 배제하지 못하지만, 무질서하게 들어선 음식점과 차량들, 볼품없이 돌아가는 물레방아와 간판들, 이 모든 것들이 우리가 가슴에 품었던 의미 있는 문학 동네의 모습은 아닐 것이다.

가산의 생가를 찾았다. 유럽의 소설가나 예술가의 생가와는 너무나 달랐다. 그것은 그 시대가 아닌 오늘의 시각으로 보았기 때문이리라.

우리는 그때 그렇게 살았다. 그 집에서 어린 시절 가산의 모습을 연상하기에는 너무 성의 없이 꾸며져 있다는 생각이 든다. 허술해서가 아니라 거의 방치된 듯한 모습에서 우리 문화에 대한 인식의 한계를 확인시켜준 자화상 같기 때문이다.

그러나 효석문학관을 찾았을 때 이런 생각을 어느 정도 위안받을 수 있어 다행이었다.

어수선한 축제장을 떠나 야트막한 언덕에 자리 잡은 문학관은 작가 이효석의 생애와 문학세계를 짚어 볼 수 있는 유일한 장소이다.

비록 많지 않은 자료지만 정성을 다해 전시한 노력이 엿보여 이곳을 찾은 의미를 생각하게 한다.

문학관 내 찻집에서 메밀차를 마신다. 보리차보다 산뜻하면서도 구수한 맛이 효석의 문학세계가 이런 것이 아닐까 하는 생각이 문득 든다.

창문 사이로 초가을 바람이 상쾌하고 높푸른 하늘에 한 점 구름이 하얀 메밀꽃 위로 흘러간다.

코스모스 언덕길을 내려오면서 이런 생각을 한다.

봉평이 봉평 사람들만의 고향이 아니듯, 또한 효석문학제가 외지 사람들만의 축제가 되어서도 안 된다는 것이다.

그리고 좀 더 문학 동네다운 동네가 되려면 소설 속의 풍경을 그대로 옮겨 놓은 듯 가꾸고 다듬어야 한다. 우리들의 의식 저편에 숨어 있는 옛것에 대한 그리움을 잠시나마 이곳에서 만날 수 있어야한다.

그래야만 우리들 마음속에 가산의 정신이 오래 간직되고, 잊혀가는 것들에 대한 향수가 결코 감상이 아니듯 봉평은 그렇게 우리들의 가슴속에 영원히 남아 있어야 한다.

점점 깊숙이 고개를 숙이는 벼 이삭 사이로 메뚜기 한 마리 날아간다. 오래간만에 보는 메뚜기다. 정말 용케 살아남아 있구나.

법정스님의
입적

✐ 어제 법정 스님이 입적하시었다.

남녘에는 매화, 산수유가 피었다지만 서울은 최저기온이 영하로 떨어져 아직 겨울이다.

스님께서 오랫동안 기거하셨던 불일암에서 봄소식에 업혀 열반에 드신 것이다.

세속의 나이 78세. 중생들을 미망에서 벗어나게 하려는 스님의 설법을 이제 들을 수 없음이 못내 마음 아프고 슬프다.

종교인답다. 스님다운 스님이시다.

종교가 지향하는 바를 몸소 실천하셨기에 우리는 그동안 마음의 위안을 받아왔다.

그래서 종교를 떠나 그분의 입적을 슬퍼하고 애도하는 행렬이 길상사에 이어지고 있는가 보다. 꼿꼿한 몸매와 솔직하면서도 직설적인 말씀에 가까이하기 어렵다는 분들도 있지만, 스님의 그런 꼬장꼬장한 언행에서 잠시나마 우리는 자신을 돌아보는 계기도 된다.

삶의 가치관이 혼란스러운 이때, 스님의 가르치심이 얼마나 소중한지를 새삼 깨닫게 된다. 이 시대에 과연 그런 분이 또 나타나 주실까 하는 의구심이 든다.

무소유를 평생의 화두로 삼고, 그리고 몸소 실천하신 큰 스님이시다.

적어도 종교인, 특히 종교 지도자들은 누구보다도 언행이 진실 되고 일치해야 한다.

우리가 진정으로 원하는 것은 장시간에 걸친 감동을 주는 법문과 설교가 아니라 말씀을 몸소 실천하는 모습이다.

말과 행동이 서로 다를 때 우리는 그것을 위선이라고 한다.

위선, 그것은 종교 지도자들이 자칫 빠지기 쉬운 유혹으로 경계해야 할 일이다.

가끔 언론에서 종단의 주도권 싸움과 금전적 문제로 법정으로 비화되는 기사를 보면서 한심하다 못해 실소를 머금게 한다. 왜 종교 지도자들이 교단의 권력과 돈에 집착하여 문제를 야기시키는지 잘 이해가 가지 않는다.

종교의 궁극적인 목적을 잃고 지나치게 세속화되는 현상을 보면서 법정스님 입적은 우리를 안타깝게 하고 슬프게 한다.

법정 스님은 한 치의 부끄러움도 없이 소유와 싸우며 무소유를 실천하신 분이시다.

인간 본성을 초월한 분이시다. 오랜 수양 끝에 오는 깨달음의 한 경지다.

물론 모든 종교인, 종교 지도자들이 법정스님처럼 될 수도 없고, 반드시 그럴 필요도 없다.

또한, 그것이 최고의 삶의 가치라고 생각지도 않는다.

막연히 우리는 무소유의 경지에 도달한 분을 존경하며 그런 분을 만나고 싶어 한다.

잡다한 욕망에 사로잡힌 우리가 믿고 따를 수 있는 존경의 대상은 반드시 존재해야 한다.

그것이 우리가 바라는 간절한 소망이기도 하다. 세상을 살맛 나게 기쁨이다.

법정스님은 우리가 찾는 그런 분이시다.

스님의 무소유의 의미를 되새기며 우리들 마음속에 맑은 빛으로 소중히 간직한다면 조금은 자유로운 나 자신을 발견하게 되지 않을까.

그리고 역설적이지만. 스님께서 그 누구보다도 많이 소유하신 것이 있다.

자유, 바로 그것이다. 스님이 원하셨건 그렇지 않건 간에.

모든 욕망에서 벗어나 해탈의 경지에 도달하신 참된 스님이시기에 자유만은 많이 소유할 수 있었으리라. 그런 의미에서 법정스님은 무소유의 소유인이며 자유인이시다.

사람은 소유의 굴레를 벗어나지 못하면 생각이나 행동이 자유롭지 못하다.

스님은 살아서도 자유를 누리신 자유인이고, 입적하셔서도 자유인이시다.

무소유와 자유, 같은 의미가 아닐까?

또한, 이 시대를 사는 우리에게 던져진 화두가 무엇인지 알 수 있을 것 같다.

무소유를 통해 자유를 가장 많이 소유하신 법정스님.

삼가 명복을 빕니다.

영화관
옛 풍경

    ✎ 영화 이야기에서는 영화평을 쓰신 정일영 씨와 관련된 내용이라면 여기서는 그 당시 영화관 분위기에 관한 내용이다.

포스터와 전단지 그리고 극장 간판

지금은 영화광고는 온라인, 오프라인 등 각종 매체를 통해 쉽게 접할 수가 있다.

60, 70년대는 주로 신문광고와 포스터, 전단지, 극장 간판이 전부였다.

주말 신문 하단 광고는 거의 영화 광고가 전부였을 정도였다.

흑백 사진이나 문자로 "개봉박두", "총천연색"이라는 글자가 반드시 들어간다. 물론 감독과 주연 배우들의 사진도 실린다. 흑백영화와 컬러 영화가 혼재하던 시기였다.

포스터는 사람 왕래가 많은 상점 유리창이나 큰 달력 크기의 컬러로 인쇄된 포스터가 붙어 있었고, 그 대가로 무료입장권 1, 2매가 주어졌다.

개봉관의 극장 간판은 대형으로 배우의 사진과 똑같고, 군소 극장은 민망할 정도로 사진과 너무도 달랐다. 유명 화가들이 알바로 작업을 했다는 것은 숨겨진 사실이다

전단지는 각 가정에 배달되는 신문에 또는 극장 출입구에 표를 넣는 통 위에 다음 영화의 광고로 무료로 제공됐고, 개봉관에서는 지금 콘서트홀에서 유료로 파는 책자 형태의 광고지도 있었다.

극장에서의 담배

지금 생각하면 어처구니없는 일 같지만, 당시는 그랬다. 담배 연기가 영사기에서 나오는 빛을 뚫고 천정으로 올라가는 모습을 보며 관람했다.

물론 객석을 뿌연 매연으로 가득했고, 별로 제지하는 사람도 없었다. 당연시했다고나 할까.

그 후에 방송을 통해 피우지 말 것을 부탁하는 방송도 나왔고 차츰 좋아졌지만, 정확히 언제부터 금기시되었는지는 모르겠다.

학생 입장 단속

현재는 등급별로 19세 이하 출입 금지지만, 전에는 극장 출입구에 학생 입장 불가라는 팻말이 걸려 있었다. 학생이 아니면 입장할 수 있다는 의미로 해석이 된다.

심지어는 학생 입장 가능이라도 학교에 따라서는 학생 단체관람 외에는 처벌 대상이었다.

적발되면 가끔 학교 게시판에 이름과 사유가 게시되기로 했다.

당시는 모든 극장에 경찰 임관석이 별도로 마련되어 있었다. 질서 유지의 차원이지만, 때로 학생부 선생님과 함께 단속하는 경우도 있었다. 자기 학교 학생들뿐만 아니라 타 학교 학생도 적발대상이다.

내 경험으로는 극장 측에서는 제지하는 일은 거의 없었다. 지금 술과 담배를 학생들에게 파는 것처럼.

오징어와 팝콘

옛 열차에는 간식거리를 카터에 담고 칸마다 다니면서 팔았다. 지금은 기차를 이용하지 않아서 잘 모르지만, 열차에 따라서는 아직까지도 있다고 한다.

전에는 극장 안에서도 열차 내처럼 그랬다. 열차에선 어른들이 카터를 밀고 다녔지만, 극장은 10대의 청소년들이 나무박스를 팔에 걸치고 다니면서 팔았다. 지금은 팝콘이 필수지만 당시는 오징어를 비롯해 품목이 다양했다.

개봉관과 동시 상영

요즈음 극장은 모두 개봉관이다.

당시는 개봉관, 재개봉관, 재재개봉관으로 구분되었다.

역사가 있는 단성사 국도극장을 비롯해 대한, 중앙, 명보, 수도, 피카딜리, 서울, 광화문에 국제극장은 개봉관이다.

그 외의 극장은 재, 재재개봉관이다. 차이점은 화면이다. 선명성이 떨어지고 화면에 빗줄기가 그려진다. 동시 상영은 재재개봉관으로 한 번 입장하면 2개의 영화를 볼 수 있다.

특히 설이나 추석에는 극장 앞은 사람들로 혼잡하기란 이루 말할 수가 없다.

지금도 우리나라 사람들은 영화를 좋아하지만, 오락 시설이 전무했던 60, 70년대, 특히 60년대는 극장은 유일한 휴식처였다.

그 밖의 풍경들

대개는 재, 재재상영관에서 그렇다. 특히 중요한 순간에 필름이 끊어지면 "아!" 하는 탄성과 욕설, 휘파람소리가 동시에 터져 나온다. 아쉬움과 분노의 탄성이다.

나는 이렇게 영화관을 찾아다니며 영화 속으로 조금씩 침몰되어 갔다.